Le suicide de Michelle

Les Éditions du Vermillon remercient
le Conseil des Arts du Canada
et le Conseil des arts de l'Ontario
du soutien qu'ils leur apportent
sous forme de subvention globale.

Le ministère de l'Éducation et de la Formation de l'Ontario
a fourni une aide financière pour la réalisation de ce projet.
Toutefois, cette aide ne constitue pas une approbation
pour l'utilisation de quelque partie du matériel
que ce soit à des fins éducationnelles ou autres.
En outre, cette publication ne reflète que l'opinion de ses auteures
ou auteurs, laquelle ne représente pas nécessairement celle du
ministère de l'Éducation et de la Formation de l'Ontario.

Données de catalogage avant publication

Prud'Homme, Paul, 1943-
Le suicide de Michelle : roman

ISBN 1-895873-36-3

I. Titre.
PS8581. R82S94 1996 C843'.54 C96-900166-5
PQ3919.2.P78S94 1996

Les Éditions du Vermillon
305, rue Saint-Patrick
Ottawa (Ontario) K1N 5K4
Téléphone : (613) 241-4032
Télécopieur : (613) 241-3109

Diffuseur
Québec Livres
2185, Autoroute des Laurentides
Laval (Québec) H7S 1Z6
Téléphone : 1 800 251-1210 et (514) 687-1210
Télécopieur : (514) 687-1331

ISBN 1-895873-36-3

Dépôt légal, premier trimestre 1996
Bibliothèque nationale du Canada

Romans Jeunesse 15/6

Paul Prud'Homme

Eloïse

Le suicide de Michelle

Roman

Illustrations

Guy L.J. Latulippe

Vermillon

Du même auteur

* **Vernissage de mes saisons. Poèmes. Livre de l'élève,** collection *Paedagogus*, n° 2, Les Éditions du Vermillon, Ottawa, 1986, XIV/ 90 pages.

* **Vernissage de mes saisons. Poèmes. Livre du maître,** collection *Paedagogus*, n° 3, Les Éditions du Vermillon, Ottawa, 1986, XIV/ 90 pages.

* **Vernissage de mes saisons. Poèmes,** collection *Rameau de ciel*, n° 1, Les Éditions du Vermillon, Ottawa, 1986, 48 pages.

* **Aventures au Restovite. Roman,** collection *Romans*, n° 2, série *Jeunesse*, n° 1, Les Éditions du Vermillon, Ottawa, 1988, 208 pages. Réimpressions, 1990, 1993, 1995.

* **Aventures au Restovite. Cahier du maître,** collection *Paedagogus*, n° 5, Les Éditions du Vermillon, Ottawa, 1988, 56 pages.

* **Aventures au Restovite. Cahier de l'élève,** collection *Paedagogus*, n° 6, Les Éditions du Vermillon, Ottawa, 1988, 56 pages. Réimpression, 1995.

* **Les ambitieux. Roman,** collection *Romans*, n° 5, Les Éditions du Vermillon, Ottawa, 1993, 188 pages.

* **Les ambitieux. Guide pédagogique,** collection *Paedagogus*, n° 24, Les Éditions du Vermillon, 1993, 56 pages.

* **Les ambitieux. Fiches de travaux de l'élève,** collection *Paedagogus*, n° 25, Les Éditions du Vermillon, 1993, 56 pages.

* **M'épouseras-tu si... Roman,** collection *Romans*, n° 8, série *Jeunesse*, n° 4, Les Éditions du Vermillon, 1994, 124 pages.

* **M'épouseras-tu si... Guide pédagogique,** collection *Paedagogus*, n° 27, Les Éditions du Vermillon, 1995, 56 pages.

À vous, adolescents, adolescentes,
aux prises avec les souffrances de la jeunesse,
je dédie ce roman d'angoisse et d'espoir.

Chapitre premier

QUI SUIS-JE?

— TREMBLAY, Joanne.

— Présente.

— Turcotte, Bernard.

— Ici.

— Zabizewski, Stanislas... Est-ce que j'ai bien prononcé, s'enquiert monsieur Lambert.

— Appelez-moi Zab comme tout le monde Monsieur, ce sera plus simple, lance avec bonhomie le garçon interpellé, habitué à ce qu'on écorche son nom.

— Bon! Ça me prendra sûrement une semaine ou deux avant de connaître tous vos noms. Patience, ça viendra. À part trois ou quatre élèves à qui j'ai enseigné en neuvième ou en dixième, j'aurai à coller un nom sur vos visages.

«Je vous souhaite la bienvenue dans ma classe de français. La classe 222 ne sera plus jamais la même après votre passage.

Un fou rire se fait entendre et tous les regards se tournent vers Pierre Lartigue, reconnu pour ses bouffonneries qui irritent plus d'un professeur.

« Ne calomniez pas Pierre. Je lui ai enseigné en neuvième; c'était un élève modèle, lance avec humour monsieur Lambert.

Cette plaisanterie déride la classe, un peu nerveuse en ce jour de la rentrée.

Les élèves sont heureux d'avoir monsieur Lambert comme professeur. Bien que son exigence soit reconnue, sa réputation de professeur humoriste et humain le fait aimer de tous ses élèves.

« Le nouveau cours que nous mettons en œuvre cette année en onzième, exige beaucoup d'écriture... »

— Ah! maugréent quelques élèves.

Le professeur poursuit avec entrain, conscient que les élèves, encore sous l'influence des vacances d'été, doivent au plus vite reprendre des habitudes studieuses afin de bien réussir.

— Je voudrais que vous soyez plus que des noms ou des numéros pour moi. Donc, afin de mieux vous connaître, je vous propose un travail de composition. Le sujet est le plus intéressant qui soit et c'est aussi ce que vous connaissez le mieux, sans compter qu'il est le plus important au monde.

Chaque élève s'interroge pour essayer de découvrir ce qui comprendrait ces trois éléments.

Le bouffon, Pierre Lartigue, jette tout haut :

— Le sexe!

La classe s'esclaffe à cette réponse insolite. Puis, les regards se tournent vers le professeur. Quelle sera sa réaction?

Monsieur Lambert, qui en a entendu d'autres en vingt-trois ans d'enseignement, répond, pince-sans-rire :

— Je suis d'accord avec toi, Pierre, que le sexe est important. Mais, il te manquerait une de mes trois conditions : c'est quelque chose que tu connais très mal...

Un rire sonore détend l'atmosphère de la classe. Les élèves regardent Pierre qui rit comme les autres. Toutefois, son visage rouge témoigne que monsieur Lambert a visé juste. Pierre devra songer deux fois avant de plaisanter à nouveau.

« Bon! Silence s'il vous plaît. Revenons aux choses sérieuses.

Il attend un instant que le calme se rétablisse et reprend :

« Le sujet de votre composition est : 'Qui suis-je?' C'est une présentation de soi. Soyez

sans crainte, votre autobiographie sera confidentielle. Je serai le seul à la lire. Il faut que vous soyez très honnêtes et très sincères. Aussi, vous devez vous analyser afin de bien vous connaître. Vous parlerez de votre famille, de vous-même, de votre passé et de vos plans d'avenir. Parlez aussi de vos espoirs, de vos craintes, de vos sentiments, de tout ce qui compose la merveilleuse et unique personne que vous êtes. »

— Est-ce que ça compte pour des points, Monsieur?

— Non! Toutefois, je considérerai ce travail comme sérieux; il me permettra de mieux vous connaître et ainsi, je l'espère, de mieux vous servir. N'est-ce pas mon rôle de professeur?

Les élèves, peu habitués à ce nouveau rôle, réfléchissent à la perspective que leur suggère monsieur Lambert.

Pierre est tenté de faire un commentaire amusant mais, se souvenant de sa réflexion de tantôt, il préfère se taire.

— Ça doit être long, Monsieur?

— Ça dépend de vous. Quand vous jugerez vous être bien décrits, arrêtez. Vous êtes certainement assez importants pour que votre biographie soit d'au moins deux ou trois pages... mais ne dépassez pas vingt!

Il fixe Julie avec humour, elle qui aime remettre des romans-fleuves. Elle saisit l'allusion, sourit en lui faisant un signe de tête.

«Vous me remettrez ce travail dès demain. J'ai hâte de vous lire.»

***

Le lendemain soir, monsieur Lambert lit les travaux. L'un d'eux, en particulier, retient son attention :

Bonjour,

Je me présente : je suis Michelle Brault. Eh bien! moi, je vis à peine... Telle une marmotte en hibernation, j'existe sans vraiment vivre. J'ai une vie bien moche et je n'aurai certainement pas besoin de vingt pages pour la décrire.

J'ai seize ans. Je ne suis ni jolie, ni laide, juste ordinaire. Mes deux sœurs aînées m'ignorent. Rachelle, vingt ans, étudie à l'université et elle nous rend visite une fois par mois, lorsqu'elle est à cours d'argent. Fanny, dix-huit ans, fréquente mon école mais elle est si folle des garçons, des sorties, des danses et de tout ce qui est frivole, qu'elle ne sait même pas que j'existe. Elle est à la maison pour manger à la sauvette, téléphoner et dormir.

Heureusement qu'il y a Banjo pour me tenir compagnie. Il ne parle pas, mais il m'écoute sans me donner de bons conseils. Banjo, c'est mon chien.

Qui ne connaît pas mon père, « le célèbre chirurgien » de l'hôpital pour enfants? Il s'occupe de tous les enfants de cette ville, sauf de moi... Il s'absente si souvent pour son travail qu'il me semble un étranger.

Ma mère... c'est une autre histoire! Depuis l'an dernier, elle demeure à Toronto avec son nouveau mari et son fils « artificiel ». Semble-t-il qu'elle en a plein les bras avec ce petit monstre!

L'école! Voilà au moins une consolation puisque c'est plein de monde et que je réussis bien dans mes études. Papa souhaiterait que je devienne médecin. Jamais de la vie! Je déteste le sang et la maladie!

Il y a Éveline. C'est ma meilleure copine depuis la cinquième année. Elle seule comprend les méandres tortueux de mon cœur et de mon esprit...

Et Daniel! Voilà ma raison, ma seule raison de vivre. Il y a maintenant huit mois et treize jours qu'il est mon amoureux. Doux, affectueux, bon, sensible... et pas laid du tout à regarder, mon Daniel! En plus, quart-arrière de l'équipe de football de l'école, ceci le rend très populaire auprès des filles. Pourquoi m'a-t-il choisie? Je l'ignore puisqu'il y a des tonnes de filles plus belles et plus souriantes que moi dans cette école.

Enfin, Daniel est mon oxygène. Sans lui, j'étoufferais dans mon monde pollué de solitude.

P.S. Monsieur Lambert,

Excusez cette présentation plutôt moche, mais c'est l'existence d'une petite fille plutôt moche...

Michelle Brault

Monsieur Lambert relit cette minibiographie, puis il s'arrête et pense :

Michelle Brault... Je ne peux associer un visage à ce nom-là. Demain, il me faudra remarquer cette élève, avoir un œil attentif sur elle; cette demoiselle me semble fragile et vulnérable. Et quelle famille! Elle écrit bien et elle a du talent, la petite. Elle a l'art d'exprimer ses idées en phrases courtes qui, bien que simples, sont chargées d'une émotion qui laisse entrevoir une grande sensibilité.

Chapitre II

L'INQUIÉTUDE

SEPTEMBRE s'écoule. Déjà les travaux s'accumulent : devoirs, dissertations, lectures, présentations orales.

Michelle, tant par ambition personnelle que pour remplir le vide autour d'elle, travaille avec ardeur dans le but de conserver sa moyenne de quatre-vingt-cinq pour cent qu'elle maintient depuis son entrée au secondaire.

Mais, cet après-midi, elle a de la difficulté à se concentrer. Au dîner, Daniel lui a paru étrange, distant. Malgré les «Je n'ai rien», et «Tu te fais des idées» en réponse à chacune de ses questions, Michelle a senti un courant d'air froid entre eux. Elle a hâte de le rencontrer à nouveau et d'élucider ce petit mystère, lorsqu'il la reconduira chez elle après les classes. Cent fois, elle a essayé de se souvenir de ce qui aurait pu lui déplaire... Elle ne trouve rien à se reprocher.

Le timbre annonce la fin des classes; Michelle est libre aujourd'hui. Elle se fraie un chemin à travers la foule des élèves qui se ruent vers leur case. Elle consulte son calepin de devoirs et choisit les livres nécessaires. Puis, elle attend un peu. D'habitude, Daniel est déjà arrivé près d'elle et la prie de se hâter. Où est-il aujourd'hui? Nerveuse, elle se dirige vers le couloir où se trouve la case de Daniel. Peut-être a-t-il été retardé par son épreuve en mathématiques? Il n'est pas là! Michelle avance vers la cage des escaliers; elle voit Daniel qui descend en trombe.

— Dan! Daniel! attends-moi.

Soulagée, elle s'élance vers lui. Il l'attend.

«Tu me reconduis à la maison? J'ai acheté le dernier disque de Corey Hart; viens l'écouter.»

— Pas aujourd'hui, je ne peux pas.

— Pourquoi?

— Je dois aller à la bibliothèque.

— Je t'attendrai.

— Non, ce sera trop long. J'ai un travail de recherche pour une dissertation d'histoire.

— Tu veux que je t'aide?

— Non, Michelle...

— Qu'est-ce qui se passe, Dan? Tu sembles si préoccupé. As-tu eu des difficultés avec ton épreuve de mathématiques?

— Tu ne vas pas recommencer à me questionner comme ce midi! répond-il, irrité.

— Fâche-toi pas, Dan! Je demandais, c'est tout.

— Je sais. Je dois me rendre à la bibliothèque avant que les autres aient choisi tous les bons livres de référence.

— Bien... tu me téléphones ce soir?

— C'est ça.

Michelle s'approche pour recevoir un petit baiser d'au revoir. Daniel s'exécute sans ferveur. Et, sans rien ajouter, il court vers la bibliothèque.

Songeuse, Michelle poursuit son chemin. Elle se dirige vers le couloir, passe les grosses portes métalliques puis, comme une somnambule elle se retrouve sur le trottoir menant chez elle.

La voilà à la maison... cette immense demeure, la plus luxueuse du quartier. L'adolescente fouille dans son sac, sort sa clef, ouvre la porte et entre. Tout est propre et en ordre. C'est lundi, la femme de ménage est venue.

Banjo est accouru au bruit de la porte. Il se frotte contre les jambes de Michelle. Sa queue fait l'effet d'un essuie-glace : de gauche à droite, de droite à gauche.

— Allô, Banjo. Tu t'es ennuyé aujourd'hui? Tu sens bon. Adèle t'a donné un shampooing. Ça, c'est un beau chien!

Aux paroles de sa maîtresse, Banjo, un petit poodle tout blanc, frétille de joie. Il se tourne et se retourne cent fois sous la main caressante de la seule personne de la maison qui lui prête attention. Mais ce soir, l'accueil est de courte durée; Michelle a l'esprit ailleurs. Elle monte dans sa chambre, jette ses livres sur son lit et se regarde dans son miroir, grandeur nature. Sans se voir vraiment, elle essaye de saisir son âme entortillée de mille fils d'araignée. Puis, comme pour les chasser, elle passe ses doigts sur son visage contrarié et descend à la cuisine.

Elle se dirige vers le réfrigérateur et remarque une note sur la porte, retenue par un aimant. Elle déchiffre avec peine les griffonnages du médecin, son père, et pense : « Une véritable écriture de docteur ».

J'arriverai sans doute ce soir... ou cette nuit. Cas urgent qui se complique à l'hôpital. Faites vos devoirs. À demain.

Papa

Plus bas sur la note, écrit à la hâte, un mot fébrile de Fanny. Elle est rentrée de l'école et est déjà repartie :

FEB·9·95

Match de basket-ball à 16 h 30. Je couche chez Lana ce soir.

Fanny

Une autre soirée à rester seule dans cette maison assez grande pour contenir toute la classe de français de monsieur Lambert.

Michelle va jusqu'au stéréo et fait jouer son nouveau disque. Couchée sur le canapé, les pieds sur le dossier, elle contemple le lustre de cristal. Sa pensée revient sans cesse vers Daniel et des pincements lui chagrinent le cœur.

Elle retourne vers le réfrigérateur et, après avoir longuement hésité, elle prend une tige de céleri et claque la porte. Que c'est ennuyeux de se faire à souper quand on est seule! Dans l'une des armoires, une tasse bleue contient de l'argent que son père laisse pour que ses enfants ne manquent de rien. C'est sa façon à lui de pourvoir aux besoins de ses filles... Michelle téléphone et commande des mets chinois.

Après le souper, elle s'installe à son bureau, dans sa chambre, ouvre ses livres et commence ses devoirs. Mais le cœur n'y est pas. Nulle concentration. Les problèmes de mathématiques, résolus si rapidement en d'autres occasions, lui paraissent, ce soir, des énigmes. Michelle dessine ensuite une carte de géographie, cela ne lui demande pas un trop gros effort. Corey Hart chante les mêmes chansons pour la dixième fois.

« Il est 20 h 30. Pourquoi Daniel ne m'a-t-il pas encore téléphoné? »

C'est un rite entre eux; depuis qu'ils se sont rencontrés, il lui téléphone tous les soirs et, pendant presque une heure, ils parlent de tout et de rien.

Chapitre III

LA RUPTURE

Ce même soir, de plus en plus inquiète, Michelle compose le numéro de Daniel. Elle veut savoir la raison de son silence, en avoir le cœur net.

— Allô.

— Daniel?

— Bonsoir, Michelle...

— J'étais inquiète... tu ne m'as pas appelée...

— Je suis à faire mon projet d'histoire...

— Et tu m'as oubliée... dit-elle, d'une petite voix de doux reproche.

— Non... j'allais te téléphoner plus tard.

Un moment de silence. Les réponses laconiques de Daniel rendent la conversation difficile, lui qui est d'habitude si volubile.

— Entends-tu mon disque? C'est sûrement le meilleur de Corey Hart depuis longtemps.

— C'est ce qu'on dit.

Excédée, Michelle déclare d'un seul trait :

— Dan, on n'a jamais eu de mystère entre nous. Sois honnête et dis-moi ce qui ne va pas. Depuis quelques jours, tu es froid à mon égard et ce soir, tu me parles avec des phrases de trois mots. Ça m'inquiète à la fin. Parle! Dis-moi! Est-ce que j'ai fait quelque chose pour t'offenser?

— Non, Michelle. Tu n'as rien fait de mal...

— Qu'est-ce qu'il y a alors?

— Bien... c'est difficile pour moi de te dire ça, Michelle, mais je crois que nous ferions mieux de ne plus nous voir pendant quelque temps...

— Quoi! Qu'est-ce qui se passe?

Un éclair traverse le cerveau et le cœur de Michelle. Un éclair qui darde, coupe, torture.

— Ne pose pas trop de questions, c'est mieux...

D'une voix éplorée, Michelle insiste, paniquée :

— Daniel! Tu romps avec moi! C'est ça! Pourquoi? pourquoi, Daniel? Qu'est-ce que je t'ai fait?

— Ne pleure pas, Michelle. Tu sais comme ça me fait de la peine quand tu pleures... Non, je me sens plutôt confus dernièrement. J'ai besoin de réfléchir, pour voir si vraiment nous sommes faits l'un pour l'autre... Tu comprends?

— Non! Je ne comprends pas, Dan! Je ne comprends plus rien! Tout allait si bien entre nous. Il y a à peine un mois, tu m'as donné une bague d'amitié et tu m'as juré fidélité pour toujours...

— Les choses ont changé depuis...

— ...

Pour toute réponse, Daniel entend la respiration saccadée de Michelle; elle sanglote. Ému, se sentant cruel, il hésite un long moment avant de reprendre.

— Comme ça, c'est fini! pleure Michelle de désespoir... Daniel, viens me voir! Je suis seule à la maison pour toute la soirée. Nous allons nous parler, nous expliquer... Tout ce que tu voudras que je change, je le ferai. Si je t'ai fait de la peine, je t'en demande pardon. Si tu veux sortir plus souvent, au diable les devoirs, je sortirai. Viens, on va s'expliquer...

La voix de Michelle est syncopée et suppliante : sa tête bourdonne d'idées et d'émotions contradictoires; elle ne sait plus que penser, ni comment réagir. Elle se tait et souffre.

— Michelle... tu es là...

— Oui...

— C'est inutile que j'aille chez toi et te faire davantage de peine. Demeurons de bons amis... Bonne chance, Michelle. Je conserverai toujours un très bon souvenir de toi.

Daniel raccroche. Michelle demeure un long moment à attendre une phrase qui ne vient pas. Puis, elle laisse tomber le combiné qui va heurter un meuble avant d'atterrir sur la moquette avec un bruit mat. Elle ne pleure plus, elle est foudroyée... comme un arbre mort et qui reste debout dans la tempête. La malheureuse adolescente s'effondre sur son lit. Hébétée, au bout d'un moment elle se relève, raccroche le combiné puis tourne en rond dans sa chambre, l'âme coupée en franges par la lame acérée de sa douleur. Michelle se dirige vers la salle de bains. De l'armoire à pharmacie, elle sort un flacon de somnifères, s'emplit un grand verre d'eau et retourne dans sa chambre. Elle prend trois comprimés qu'elle avale en buvant quelques gorgées d'eau. Abasourdie par la gravité de son geste, elle dépose le verre sur la commode et se couche. Son cerveau est comme un champ de bataille, entre la vie et la mort... Elle regarde sa bague et se met à sangloter. Un engourdissement lent embrouille peu à peu ses idées. Elle s'assoit péniblement au

94-03-11

bord du lit afin de prendre d'autres comprimés, lorsqu'elle entend le téléphone sonner. Si c'était lui, Daniel, qui rappelait pour s'excuser, pour dire qu'il s'est trompé, qu'il l'aime encore. Elle dépose les comprimés et tend le bras pour saisir le récepteur; ses gestes sont lourds et gauches à cause des somnifères qu'elle a avalés, il y a une vingtaine de minutes.

— Allô, Daniel...

— Non, c'est moi, Éveline.

Déçue, Michelle reste coite.

« Étais-tu couchée? Tu sembles à moitié endormie, remarque Éveline. »

— Non... seulement fatiguée, ment-elle.

— Daniel t'a-t-il appelée?

À ce souvenir cruel, Michelle, la voix enrouée de sanglots, raconte en désordre les événements des dernières heures. Sans trop réfléchir, Éveline poursuit :

« J'ai bien pensé, moi aussi! Cet après-midi, après les classes, je t'ai cherchée mais je ne t'ai pas vue. Je me suis attardée un bout de temps pour causer avec Pierre. Ensuite, j'ai vu ton Daniel qui sortait de la bibliothèque avec Diane Marion. Quand il m'a aperçue, il lui a relâché la taille, mais j'ai compris qu'il... »

Sachant qu'elle a trop parlé, Éveline se tait. Cependant, il est trop tard. Michelle l'interrompt.

— J'ai besoin de dormir, Éveline. Je te parlerai une autre fois, dit péniblement Michelle, la bouche pâteuse.

— Tu es certaine? Veux-tu...

— Bonsoir...

Elle coupe la communication.

Sans se déshabiller, la lumière allumée, Michelle s'endort du sommeil artificiel que procurent les médicaments.

Sans le savoir, Éveline, grâce à son appel, a empêché Michelle de prendre les somnifères du sommeil éternel...

Chapitre IV

L'ABANDON

FANNY arrive le lendemain très tôt à la maison, en coup de vent.

— D'où viens-tu? s'enquiert son père.

— Tu n'as pas vu ma note? J'ai couché chez Lana, hier soir. Je rentre pour changer de vêtements avant les classes.

— J'espère au moins que tu as fait tes devoirs.

— Ben oui! Lana m'a aidée avec mes maths. Elle, c'est une bolle, moi, une cruche dans ces matières-là.

— Bonne journée! Je dois me hâter car j'ai une chirurgie ce matin. Veux-tu t'assurer que Michelle soit levée. Je ne l'ai pas vue ce matin.

— Oui.

Avant de partir, monsieur Brault dépose de l'argent dans la fameuse tasse bleue.

Fanny entre dans la chambre de Michelle. Elle est étonnée de la voir couchée sur ses couvertures, tout habillée.

« Michelle! Michelle! Réveille-toi!

Rien à faire. Elle la saisit par les épaules et la secoue.

« Réveille-toi ou tu vas être en retard pour tes classes.

Abrutie par les trois somnifères qu'elle a pris la veille, Michelle ouvre les yeux avec difficulté. Fanny insiste.

« Lève-toi. Je suis pressée. Je n'ai pas le temps de revenir te réveiller. Lève-toi tout de suite. »

— Laisse-moi dormir. Je suis malade. Je ne vais pas à l'école aujourd'hui.

— Comme tu voudras, jette Fanny en courant vers la salle de bains pour terminer sa toilette.

À peine réveillée, Michelle reçoit en plein cœur le coup de poignard du cruel souvenir de la veille. Le visage de Daniel imprègne sa détresse; deux grosses larmes coulent sur ses joues. Puis, elle sombre de nouveau dans un sommeil comateux.

Fanny est à l'école, son père à l'hôpital. Vers midi, Michelle tente de se lever. Elle se sent encore tout étourdie.

« Si je les avais tous pris, pense-t-elle, je n'aurais pas cette peine ce matin. »

Elle regarde le flacon ouvert et le verre d'eau mais se sent trop lâche, maintenant, pour y toucher.

Elle a mal. Un mal cuisant qui l'envahit de la tête aux pieds. Que faire? Elle sort son album de photos. Sur la page couverture deux cœurs entrelacés et les noms Daniel-Michelle. Comme pour se faire davantage de mal, elle regarde ces souvenirs douloureux : un pique-nique, une baignade à la plage de Pointe-aux-Pins, la danse de fin d'année scolaire... Ces heureux moments d'hier sont aujourd'hui pénibles. Révoltée contre la vie, Michelle lance l'album qui va s'écraser contre un mur de sa chambre. Comme par dérision un peu morbide, un Valentin reçu de Daniel, qu'elle conservait avec vénération, vole loin de l'album et échoue devant la porte. Elle sort en marchant dessus...

Les deux jours suivants se passent sans changement. Michelle, seule à la maison toute la journée, va et vient, la mort dans l'âme, de sa chambre au salon, et au téléviseur qui ne peut absolument pas lui faire oublier sa peine. Au contraire, tout lui rappelle Daniel. Des amoureux dans un film ou dans une revue, les chansons de ses chanteurs favoris, tout lui ramène l'image de son amour déchiré.

Ses devoirs abandonnés, ses classes qu'elle sèche, Michelle souffre de se voir aussi dégonflée, elle qui réussit ses études avec tant de brio. Cependant, elle n'a pas le courage de retourner à l'école, de peur de revoir Daniel... peut-être aux bras de Diane. Ce serait la catastrophe!

Ni son père ni Fanny ne s'inquiètent de son sort, préoccupés par leur propre vie.

Le troisième jour, c'est avec beaucoup d'appréhension qu'elle décide de retourner à l'école; elle évite le couloir où se trouve la case de Daniel, comme si le démon s'y trouvait enfermé.

Quelle journée! Elle ne peut absolument pas se concentrer; l'enseignement des professeurs ricoche sur son esprit sans qu'elle puisse le saisir. Et, quand vient le temps de faire un exercice, la voilà toute perdue.

Seul monsieur Lambert a remarqué l'absence de Michelle. Lorsqu'elle entre dans sa classe et qu'elle lui tend sa note d'excuse, il la fixe et dit :

— T'as eu la grippe? Tu me sembles un peu pâle...

Après avoir marmonné un «oui» indistinct, des larmes lui montent aux yeux. Il est la seule personne consciente de son mal.

La pause de midi! Un autre obstacle à surmonter. Michelle s'enfuit au McDo afin d'éviter Daniel qui s'installe toujours à la troisième table de la cantine.

L'après-midi s'écoule avec une lenteur d'éternité. Que Michelle a hâte de rentrer à la maison pour pleurer! Toute la journée, elle a refoulé les marées de sa peine.

À la sonnerie de la fin des classes, elle s'élance dans le couloir mais s'arrête, sidérée. Qui voit-elle?

Daniel et Diane! Le bras de Daniel autour de la taille de la belle Diane qui ronronne comme une chatte et lui fait des sourires aguichants. Michelle voudrait s'enfuir. Or, elle est prise dans le flot des élèves. Son cœur brûle comme un tison dans sa poitrine.

Le couple s'arrête devant la case de Diane. Elle pince le menton de Daniel et lui donne un baiser qui semble crier : « Regardez! Daniel, le garçon le plus populaire de l'école, c'est mon amoureux! » Ces mots imaginaires crèvent les tympans de Michelle. Comment réagir à la panique intérieure qui la gagne? Se croyant le point de mire de tous les élèves du couloir, elle se durcit. Son visage devient froid comme le marbre; elle s'éloigne en feignant de ne pas les avoir vus. L'adolescente se rend tout droit jusqu'à la case de Derek. Il est connu des élèves de l'école comme le *pusher* le plus actif. Sans préambule, elle lui lance :

— Vends-moi cinq joints roulés de mari. Vite, je suis pressée!

Elle sort vingt dollars de la poche arrière de son jean et les lui tape dans la main.

Surpris par cette approche aussi directe, le délinquant regarde furtivement à droite et à gauche, puis lui chuchote :

— Pas ici! Il y a trop de monde! Es-tu folle?

— Vite, Derek! Je n'ai pas de temps à perdre, dit-elle avec l'insouciance des désespérés.

Hypocritement, le *pusher* fait semblant de choisir des livres dans sa case. Il fouille dans un sac de papier brun, compte les cigarettes et les remet à Michelle, en les recouvrant de sa main. Sans se méfier des élèves qui pourraient la voir, Michelle fourre la drogue dans son sac Adidas, va à sa case prendre son blouson et s'élance vers la sortie. Derek, lui, demeure éberlué d'avoir fait une transaction aussi rapide, surtout avec Michelle, la fille du docteur Brault...

Pendant ce temps, Éveline cherche sa copine qu'elle n'a pas revue depuis trois jours.

Quand elle arrive à la maison, toujours seule, sans même prêter attention à Banjo qui sautille de joie, Michelle monte dans sa chambre pour fumer un joint. Son regard trouble témoigne de son état anormal. Elle aspire la fumée âcre qui l'étouffe. Elle qui ne fume même pas de tabac, trouve horrible ce goût. Toutefois, elle se force à fumer tout le joint en un temps record. Son esprit désordonné lui laisse penser que là sera le remède à son mal.

Un instant plus tard, ne remarquant pas d'amélioration à sa peine, elle en fume un deuxième avec le même sentiment de dégoût devant son geste de destruction. Couchée sur son lit, elle espère un allègement de sa douleur. Dans sa tête, Daniel revient, repart, tourne, tourne, tourne... Une nausée la fait se lever et courir aux toilettes pour vomir. Elle s'étend de nouveau. Son lit tourne... enfin, elle s'endort.

Bien plus tard, un bruit lointain, très lointain, la sort du fond de sa torpeur. Michelle ouvre péniblement les yeux... La sonnette de la porte se fait encore entendre. C'est avec beaucoup de difficulté qu'elle descend ouvrir à Éveline qui la regarde avec étonnement.

DANIËL
MICHELLE
94-03-13

Chapitre V

LA BOUÉE DE SECOURS

MALGRÉ les mots encourageants d'Éveline, Michelle, qui lui a avoué son projet de suicide, demeure inconsolable.

Bien que le mois d'octobre soit venu garnir les arbres de ses tons flamboyants, les yeux de Michelle, teintés de tristesse, ne les voient pas.

Elle se laisse emporter par le chagrin. De moins en moins intéressée par ses études, elle s'absente de l'école deux ou trois jours par semaine. Et, que dire de ses travaux bâclés!

Michelle, si soignée, se contente maintenant de son blue jean, de son blouson de denim et de ses vieilles espadrilles usées. Ses cheveux, d'habitude si bien coiffés, sont désordonnés comme l'est toute sa vie.

— Hé! Michelle, tu viens au party ce soir? lui crie Jocelyne à la sortie des classes.

— Où ça? demande-t-elle sans intérêt.

— Chez moi. Mes parents sont en voyage pour le week-end. J'en profite pour faire un super-party.

— Qui sera là?

— Toute ma gang... et toi, si tu viens.

— Je ne sais trop, hésite l'invitée, connaissant la réputation peu enviable du groupe de Jocelyne.

— Viens! On aura du fun. Tiens, si tu veux, viens avec Éveline puisque tu ne sors plus avec...

Elle tait ce qu'elle allait dire, voyant se rembrunir le visage de Michelle.

« Ainsi, tout le monde connaît ma mésaventure... Comment se fait-il que personne n'a pensé à sympathiser? Enfin, c'est la loi de la jungle... la survie. »

L'image de Daniel qui apparaît dans son esprit, en flashes répétés, la fait crâner; elle répond durement à Jocelyne :

— Oui! J'y serai. L'adresse?

— Huit cent douze, rue Guérin. Derek sera là, murmure-t-elle, l'air complice.

« La jungle! On sait aussi que j'ai acheté de la drogue à Derek. »

La réputation de la bande étant douteuse, Michelle a dû insister auprès d'Éveline pour se faire accompagner au party de Jocelyne.

Quand elles y arrivent, un flot de musique hard-rock les rejoint jusqu'au trottoir. Après avoir sonné et cogné en vain, elles décident d'entrer. Une marée de bruit les inonde. La soirée a commencé tôt. Les lumières *strobes* clignotent et éblouissent. Quand ils arrivent, les invités ont peine à voir les marches; les deux amies descendent au sous-sol d'où provient le vacarme. À mi-chemin, la fumée est déjà dense.

— Allô, les filles! lance à pleins poumons Louis qui les accueille, une bouteille de bière à la main.

Il les escorte au bout de la vaste salle de jeu. Une douzaine de jeunes, l'air louche, sont écrasés sur le plancher ou accoudés sur les coussins des canapés dégarnis.

La boisson coule abondamment et le son de la musique assourdit. Éveline est surprise de voir Michelle boire autant d'alcool.

— Depuis quand bois-tu comme ça? glisse-t-elle à l'oreille de son amie.

— Il faut bien noyer sa peine! lui répond Michelle avec un faux sourire.

— Pas trop vite... tu vas être malade...

Mais, ce soir, Michelle n'est pas portée à écouter des conseils. Trop d'amertume la pousse à se venger contre elle-même.

Le groupe des habitués forme un cercle. Tous sont assis par terre, les jambes croisées à l'indienne. Louis et Derek invitent les

deux jeunes filles à se joindre à eux. Ils leur indiquent une place dans le cercle.

— Nous allons fumer le calumet de la paix, déclare Louis, déjà ivre.

À ces mots ironiques, Jocelyne feint de jouer du tam-tam, tandis que les autres, la main tapotant leur bouche, crient à la manière des Indiens dansant autour d'un feu.

Derek a allumé deux joints de mari qu'il fait circuler, l'un à sa droite, l'autre à sa gauche. Chacun aspire une longue bouffée et la retient afin d'en escompter le plus d'effet possible.

Éveline, les yeux grands comme des huards, ne sait comment réagir. Elle empoigne Michelle par le bras et ne dit qu'un mot :

— Partons!

— Pourquoi?

— Pourquoi! Tu vois bien que c'est de la drogue, ça!

— Et puis après?

— Michelle, ce n'est pas dans tes habitudes de te droguer. Partons pendant qu'il en est encore temps!

— C'est à toi, vas-y, Michelle, lui crie Louis en lui tendant la cigarette à moitié consumée.

Elle la prend et, comme les autres, elle aspire, retient la fumée et expire. Puis, elle la passe à Éveline qui regarde son amie, bouche bée. Le bras tendu vers Éveline, Michelle attend. Tous les yeux sont braqués sur la jeune fille qui hésite. Que va-t-on penser si elle refuse le joint? Que dira-t-on si elle l'accepte? Résolue, elle se détourne de Michelle, se lève et sort très vite de la pièce.

— Reviens! lui crie Jocelyne.

— Laisse-la faire, c'est une sainte nitouche trop bonne pour nous autres! réplique Derek.

Bien que Michelle reste là, elle souffre davantage de sa lâcheté et du départ précipité d'Éveline.

***

Quand, le lundi matin, elle entre dans la classe de monsieur Lambert, elle a l'air vraiment lamentable. Le professeur ne dit rien, il remarque ses yeux veinés de rouge, son visage fermé, son teint olivâtre et sa tenue débraillée. Il commence son cours mais son regard revient souvent sur l'adolescente qu'il voit dépérir de jour en jour.

Monsieur Lambert enseigne la poésie. C'est ce qu'il aime, lui, poète à ses heures. Il parle aujourd'hui du poème Le lac. Il explique que Julie est devenue très malade et que le poète, Lamartine, revient seul au rendez-vous qu'il avait planifié avec son amoureuse, l'année précédente.

La discussion se poursuit sur les peines d'amour. Monsieur Lambert résume les commentaires émis par les élèves :

— En somme, une peine d'amour à seize ans fait vraiment mal... autant que pour un adulte, plus même, ajoute-t-il, puisque l'adolescence est un temps difficile qu'il faut traverser.

Pendant la conversation, le visage attristé de Michelle laisse deviner au professeur le drame qui se joue en elle. Pris de compassion, monsieur Lambert est soulagé d'entendre le timbre annonçant la fin de la classe. Les élèves, intéressés par le sujet qu'ils ont débattu, sortent en continuant de commenter.

D'une manière discrète, monsieur Lambert effleure le bras de Michelle et lui dit à voix presque basse :

« Reste après les autres, j'ai à te parler.

Intriguée, l'adolescente feint d'avoir oublié un livre dans son pupitre et retarde ainsi son départ. Monsieur Lambert ferme la porte. Assis à son bureau et, avec un soupir de soulagement, il fait signe à Michelle de s'asseoir sur une chaise qu'il garde près de lui. Ils s'observent un moment.

«Je suis libre durant cette période. Toi?»

— Géographie... mais je ne suis pas pressée... Je n'ai pas fait mon travail... jette-t-elle en faisant une moue.

— Il y a des travaux que tu ne m'as pas remis... Que se passe-t-il, Michelle?

L'élève sent la honte l'envahir et des larmes mouillent la frange de ses cils. Sa gorge serrée l'empêche de répondre. Bon psychologue, le professeur attend qu'elle se calme avant de lui demander :

«La discussion de ce matin sur les peines d'amour... t'a touchée?»

— Oui! Je sais que je suis lâche, Monsieur, mais j'ai tellement de peine...

À cet aveu, elle éclate en sanglots et monsieur Lambert se sent touché. Il remue sur sa chaise, évite néanmoins de parler. Au bout d'un moment, Michelle avoue :

«Vous êtes le premier qui s'intéresse à mon sort... sauf Éveline à qui je confie tout... Même mon père et ma sœur ne se doutent pas de l'enfer que je vis...»

— Je ne sais pas si ça t'aidera, mais je souffre avec toi. Je suis inquiet à ton sujet depuis un mois. Quand j'ai vu Daniel avec... une autre, j'ai compris ce que tu vivais. J'ai attendu... ne sachant trop si tu aurais accepté que je t'en parle.

— Vous avez compris la cause de ma peine, Monsieur. Je suis lâche! J'ai honte de négliger ainsi mes études. Mes notes sont désastreuses et je crains pour mon semestre. Mais, je ne peux absolument plus fonctionner. Je suis brisée... finie... détruite...

— Pries-tu, Michelle?

— Non... Oui, des fois...

— Essaie. Dieu ne t'abandonne pas, Lui, jamais.

Après une pause, il demande :

«Écris-tu un journal intime?»

— Non.

— Je te suggère de le faire. Tu verras, ça te fera du bien de confier ton mal «à un ami»; ça t'aidera aussi à mettre de l'ordre dans tes idées confuses. Je prierai aussi avec toi... et si tu sens le besoin de parler, ma porte est toujours ouverte...

— Merci, Monsieur, et...

— Et?

— Une autre fois...

Si Michelle souhaite lui parler de son désir de suicide, de la drogue à laquelle elle s'est adonnée... elle ne se sent pas prête pour autant d'aveux aujourd'hui.

— Je vais te donner une note pour excuser ton retard à ta classe de géographie.

— Merci, monsieur Lambert.

— De rien. Et, Michelle, bon courage!

Il donne une petite tape de solidarité sur l'épaule de l'adolescente qui esquisse un demi-sourire.

Chapitre VI

LA RECHUTE

PENDANT plusieurs jours, Michelle a repris un peu de courage. Le sourire complice de monsieur Lambert l'incite à reprendre goût à la vie. Elle écrit dans son journal :

Le 17 octobre 1995

Je veux prier, mais mon âme est sèche comme les feuilles d'automne qui jonchent le sol. Je veux étudier, mais mon intelligence est arrêtée... en grève. Je veux aimer, mais mon amour est brisé comme un beau verre de cristal écrasé sous un coup de masse. Je voudrais vivre mais la mort construit sa cage autour de toute mon existence...

Puis, soudain, ses absences se font de plus en plus fréquentes. Michelle se barricade dans sa peine. Quand elle se lève, elle fume de la drogue et se maintient entre deux eaux pendant de longues journées passées toute seule à la maison. Elle n'a même pas le courage de s'habiller, demeure vêtue de son pyjama, la chevelure désordonnée, l'âme en détresse.

Et quand elle retourne à l'école, elle est toujours munie d'une ordonnance de son père, sur laquelle l'écriture griffonnée est contrefaite.

À la fin d'un cours de monsieur Lambert auquel elle a assisté, il l'invite à rester après les autres pour qu'ils se parlent. Quand ils se retrouvent seuls, le professeur lui demande si elle ne va pas mieux. Michelle ne répond pas.

— Tu ne veux pas en parler?

— Pas vraiment, claque sa voix. Elle se sent le cœur sec et son visage est dur comme une pierre.

— Tu m'inquiètes. J'ai consulté ton dossier au bureau d'orientation. Tes absences répétées, ainsi que ton inaction font que tes notes dégringolent.

— Ça m'est égal! Tout m'est égal! murmure l'adolescente entre ses dents.

— Écris-tu ton journal intime?

— Des fois...

Décontenancé par l'attitude agressive de son élève, monsieur Lambert ne sait trop que dire. Il souffre de la voir aussi repliée sur elle-même, refusant toute aide extérieure. Il tente encore :

— J'ai, au bureau des services à l'élève, une bonne amie en qui j'ai bien confiance. Elle est, selon moi, tout simplement fantastique. Si tu voulais la rencontrer, peut-être te sentirais-tu plus à l'aise pour communiquer... de femme à femme...

— ...

« Son nom est Céline Dagenais. La connais-tu? »

— Non.

— Tu ne sembles pas trop t'aimer, Michelle. Je veux que tu saches que moi, je t'aime et que je souffre de te voir souffrir...

— ...

« Bon. Voici ta note pour la prochaine classe. »

— Merci.

— Au revoir, Michelle... n'oublie pas de prier.

Elle sort de classe le visage fermé. Son cœur lui fait tellement mal qu'elle s'enfuit se cacher dans la salle des toilettes pour pleurer.

Après son départ, monsieur Lambert reste songeur. Il saisit le téléphone.

« Le bureau de madame Dagenais, s'il-vous-plaît.

On lui dit d'attendre un instant puis la voix de madame Dagenais se fait entendre. Le professeur soupire d'aise qu'elle soit là.

«Allô, Céline. Tu te souviens de l'élève dont je t'ai parlé l'autre jour... Oui, Michelle Brault. Je viens de la rencontrer... rien à faire! Elle est si renfermée que je n'ai rien pu savoir. Je pense que son cas est grave... je crains le pire pour elle. Je lui ai suggéré d'aller te voir mais si elle ne le fait pas, toi... C'est ça, tu pourrais l'appeler sous un prétexte ou un autre et tenter de la diriger... Merci, tu es bien chic, Céline. Au revoir.»

***

Ce même midi, Michelle et Éveline vont dîner au McDo.

— Voyons, Michelle, il faut que tu reprennes courage. Je suis ton amie et tu m'inquiètes. J'espère au moins que tu ne fumes plus...

— Non, ment-elle à son amie. Mettons-nous derrière cette queue, elle est plus courte.

Les adolescentes se servent et vont s'asseoir près de la porte qui donne sur la cour arrière.

Machinalement, Michelle mastique une bouchée de son hamburger sans parvenir à l'avaler. Manger lui est devenu une corvée, comme tous les autres gestes de la vie.

Assise en face d'elle, Éveline, toujours affamée, mange son hamburger avec bonne humeur. Elle boit une généreuse gorgée de cola et se sert une autre portion de frites.

Soudain, Michelle se fige. Elle s'arrête de manger et ses yeux fixent la porte principale. Sur ses joues roulent de grosses larmes, telles deux billes de cristal. Elles dégoulinent jusqu'à la commissure des lèvres et finissent par tomber sur la table.

Éveline s'aperçoit du trouble de son amie et lui demande, angoissée :

— Qu'y a-t-il, Michelle?

Pour toute réponse, son amie pointe la porte du doigt. Éveline se retourne et voit Daniel qui vient d'entrer, accompagné de Diane.

— Partons! murmure Michelle.

— Voyons! On vient juste de commencer à manger. Change de place avec moi et cesse de te faire de la peine inutilement!

Michelle ne répond pas et sort par la porte de derrière. Éveline, désemparée, saisit les deux hamburgers, ses frites, son cola, et essaie de rejoindre Michelle.

« Attends-moi! crie-t-elle. Viens m'aider à apporter...

Éveline clopine à la suite de son amie qui, sans même se retourner, file en direction opposée à celle de l'école.

« Où vas-tu, Michelle? »

— Chez moi. Je suis malade... Je te reverrai, Éveline. Laisse-moi toute seule pour l'instant...

Sur ces paroles, Michelle accélère son allure pour semer Éveline qui est restée bêtement sur le trottoir, les mains chargées... Penaude, elle retourne au restaurant terminer son dîner.

Rentrée chez elle, Michelle fume une, deux, trois cigarettes de mari. Étourdie, elle s'affale sur son lit et sombre dans un sommeil lourd.

Ce soir-là, elle inscrit dans son journal :

Mercredi, 2 novembre 1995

Fête des morts! C'est ma fête : je suis morte! Pourtant je marche, je dors, je mange, je souffre... Les morts peuvent-ils souffrir? Ma vie, mon Daniel, est partie. Je veux mourir! Et qui s'en apercevra? Fanny? Elle est trop occupée à courir tous les gars de l'école. Papa? Sait-il si je vis encore dans sa maison? Il ne s'est même pas aperçu que je meurs devant lui un peu plus chaque jour. Éveline? C'est ma seule amie... et pourtant ce me serait égal si je ne la revoyais jamais... Que je suis méchante! Monsieur Lambert, lui... Bah! Lorsque je ne serai plus son élève, s'intéressera-t-il à mon sort? J'en doute beaucoup. Non... Je dois partir...

Michelle s'arrête là. Dans sa tête malade, elle invente des stratégies de suicide. Se jeter sous un train? Non, elle n'en aurait pas le courage. Se noyer? Depuis sa tendre enfance, elle a peur de l'eau. Se pendre?

«Gauche comme je suis, je ne réussirais qu'à me blesser», se surprend-elle à dire tout haut.

«Les somnifères? Il en reste presque tout un flacon et ils sont puissants... Trois m'ont assommée pour plus de quinze heures, la dernière fois.»

Un frisson la parcourt.

«Qu'est-ce que je fais? Je deviens folle! Non! Je ne dois plus y penser!»

Et elle se précipite hors de sa chambre.

Chapitre VII

LE COUP DE GRÂCE

— ÉVELINE! Un instant, s'il te plaît.

Monsieur Lambert interpelle l'adolescente qui passe devant sa classe. Il la mène à l'écart et l'interroge discrètement :

— As-tu vu Michelle aujourd'hui?

— Non... je ne l'ai pas vue depuis mercredi midi au restaurant.

— Lui as-tu téléphoné?

— J'ai tenté de le faire hier soir à cinq reprises, mais en vain. Je suis convaincue qu'elle a débranché son téléphone.

Bousculé par les élèves qui circulent autour d'eux, monsieur Lambert suggère :

— Viendrais-tu dans ma classe? Je voudrais te parler.

— Certainement.

Dans la classe, le professeur ferme la porte derrière lui.

— Assois-toi.

Il fixe Éveline. Elle a été son élève au semestre précédent; il a confiance en elle, et lui avoue :

201

«Je suis très inquiet au sujet de Michelle. Et toi?»

— Moi aussi...

Elle admire son professeur pour ses qualités humaines et n'hésite pas à lui confier ce qui la tourmente :

«Elle a beaucoup changé depuis que Daniel l'a laissée.»

— Je sais... c'est ce qui me fait craindre le pire.

— J'ai essayé de l'encourager mais en vain, elle est super-déprimée. Ce n'est pas sa sœur ou son père qui peuvent l'aider... Connaissez-vous sa famille, Monsieur?

— Oui, malheureusement...

— Je suis très discrète d'habitude, mais je dois vous dire ceci : Michelle se drogue... Pas parce qu'elle aime ça, pour oublier sa peine. Elle a même...

L'adolescente hésite à livrer son secret. Monsieur Lambert se tait, respectueux des sentiments que la jeune fille éprouve. Avec courage, elle reprend :

«Bien... je ne sais pas si elle était sérieuse lorsqu'elle m'a avoué qu'elle songeait au suicide...»

Après cet aveu, Éveline semble à la fois soulagée et abattue d'avoir trahi un secret aussi intime.

— C'est ce que je redoutais le plus... Quand une personne parle de suicide, il faut la prendre au sérieux. C'est un S.O.S. qu'elle lance. Tiens! Je suis libre en ce moment; je vais lui téléphoner. Quel est son numéro? Écris-le ici...

Il lui tend un crayon et son bloc-notes, puis ajoute :

« Passe me voir à la prochaine période, je te donnerai de ses nouvelles. »

— Merci, monsieur Lambert, de vous occuper de Michelle.

— Peut-être qu'ensemble, nous pourrons l'aider.

Puis, le professeur s'éloigne d'un pas énergique.

Quand, une heure plus tard, Éveline revient s'enquérir de l'état de Michelle, son angoisse diminue devant le visage serein de son professeur.

« Je l'ai rejointe juste à temps. Elle prend le train de onze heures pour Toronto; elle s'en va visiter sa mère. Je crois que c'est un bon signe. Elle veut renouer des liens. »

— Tant mieux! soupire Éveline.

***

Michelle demeure abasourdie après l'appel de monsieur Lambert.

Comment a-t-elle pu lui mentir avec autant d'habileté? Pourquoi lui avoir caché ainsi sa détresse? Pourquoi avoir refusé son aide?

***

Tant par désespoir d'être à la maison un dimanche soir que par bravade, Michelle a accepté l'invitation de Yannick d'aller au cinéma. Devant son miroir, elle dit tout haut pour se convaincre :

— Daniel, je n'ai pas besoin de toi!

La fausseté de sa voix la surprend.

Elle demeure un long moment devant sa glace, s'interroge sur son masque-visage, sans trouver de réponse. Elle revient à la réalité, et part rejoindre Yannick, qui l'admire depuis deux ans.

En attendant que le film commence, Yannick et Michelle causent avec des amis qui arrivent. Il est tout naturel de connaître autant de gens dans la seule salle de cinéma de cette petite ville. Eux aussi se divertissent, un dimanche soir désœuvré.

Pas tout à fait consciente, Michelle se sent projetée hors d'elle-même, comme si elle jouait un rôle extérieur qui l'empêcherait de trop souffrir du bouleversement qui a changé son moi intérieur.

Peu après le début du film, Michelle voit entrer Daniel et Diane. Son cœur s'arrête... Son visage se rembrunit et la gaieté qu'elle a feinte s'effondre en un grand abattement. Ne pouvant plus se contrôler, elle se met à pleurer. Inquiet, Yannick lui demande :

— Qu'as-tu, Michelle?

D'une voix fausse, elle murmure :

— Les films tristes me font toujours pleurer.

Pas très convaincu, puisque l'histoire ne fait que commencer, Yannick n'insiste pas.

Michelle ne voit pas ce qui se passe sur l'écran. Elle fixe Daniel et c'est le film de leur amour qui se déroule. Lorsqu'elle voit Daniel et Diane s'embrasser, la trame de ses souvenirs nostalgiques se brise. Elle implore Yannick pour qu'il la raccompagne chez elle.

— Mais...

Devant son visage défait, il se tait et sort avec Michelle qui pleure sans pouvoir s'arrêter.

Michelle s'est enfin calmée, mais ne dit pas un seul mot. Son visage s'est soudain durci, comme les flaques de glace en ce début de mois de novembre très froid.

Arrivée devant sa maison, Michelle se retourne vers Yannick. Elle lui caresse une joue et ajoute, comme une prophétie :

— Adieu, Yannick!

— Au revoir, oui...

Telle une bourrasque glaciale, Michelle claque la porte et monte s'enfermer dans sa chambre.

Chapitre VIII

LE SAUT

IL pleut à verse. Le ciel est de cendre grise; il est si bas qu'on se sent oppressé par sa lourdeur. Les élèves arrivent en courant sous la pluie battante, les cheveux détrempés. C'est un triste lundi matin.

Monsieur Lambert redouble d'ardeur et d'humour pour motiver ses élèves, quand on cogne à la porte. Une jeune fille lui montre du doigt un homme en uniforme.

— C'est pour vous, Monsieur, il veut vous parler.

Surpris, il interrompt son cours. Sur la veste de l'homme est inscrit : « Speed-it, messagerie courrier ».

— Une lettre pour monsieur Lambert. C'est bien vous?

— Oui...

— Signez ici, s'il vous plaît.

Intrigué, le professeur s'exécute. Il reconnaît l'écriture de Michelle Brault sur l'enveloppe.

— Quand avez-vous recueilli cette lettre?

Le messager consulte le bordereau et répond :

— Hier soir, à 23 h 30.

— Merci, dit le professeur en tendant un pourboire au messager qui repart.

Monsieur Lambert ouvre sans précaution l'enveloppe pour en lire le message.

Dimanche, 6 novembre 1995

Monsieur Lambert,

Quand vous lirez cette lettre, je serai déjà morte... Je m'excuse de vous décevoir, mais je n'ai plus de raisons de vivre. Dites-vous : elle était lâche, c'est tout! Et dites à votre classe, dites à tous vos élèves de ne jamais aimer car l'amour, ça fait trop mal... quand c'est fini... Je ne sais à qui me confier. Ma mère... aucune communication avec elle depuis près de trois mois. Pardonnez mon mensonge de la semaine dernière... Mon père, je ne le vois que quelques minutes par jour. Il est toujours pris par mille urgences à l'hôpital. Il faudrait que je sois une de ses patientes pour qu'il s'occupe de moi! Aura-t-il le temps de venir me voir dans mon cercueil?

Mes sœurs... il ne vaut pas la peine d'en parler, tellement elles m'ignorent. Éveline... dites-lui merci. Elle était bonne pour moi, bien que je l'aie maltraitée ces derniers temps. Il en faudrait plus, des Éveline, dans ce monde méchant. Et plus de monsieur Lambert aussi! Plus de profs comme vous qui nous voient comme des humains, comme des personnes avec un cœur et une âme, plutôt qu'en élèves-numéros-en-rangs-d'oignons...

Je meurs en lâche... je suis fatiguée de combattre... combattre ma honte d'abandonner; ma honte de ne pouvoir rejoindre personne et de ne laisser personne me rejoindre; ma honte d'abandonner mes classes, mes devoirs; ma honte d'abandonner la vie, l'amour...

Je regarde mes somnifères depuis plus d'une heure. Je tente de les apprivoiser. Ils seront mes porteurs vers la mort... doucement dans la terre de l'éternité...

Dites à maman que je lui pardonne... papa aussi... Daniel aussi... je l'aime encore!

Morte le lundi 7 novembre 1995,

Michelle

— Non! Non! Non! s'écrie monsieur Lambert, les deux mains crispées sur la lettre. Sans plus s'occuper de ses élèves, il fonce vers la classe voisine et crie :

« Monsieur Lortie, voyez à me faire remplacer; je dois partir d'urgence.

N'attendant pas de réponse, il court le plus vite possible vers le bureau central. Là, il saisit le cahier des horaires personnels de chaque élève de l'école et tourne les pages, désespérément : «Fanny Brault, classe 108», lit-il tout haut.

Les secrétaires, surprises, le regardent repartir dans une course effrénée.

Sans frapper, il ouvre la porte de la classe 108 et crie à tue-tête :

«Fanny Brault, viens ici! Vite! Vite!

Le professeur et les élèves sursautent, alors que Fanny, bien malgré elle, se dirige, paniquée, vers monsieur Lambert.

Il l'agrippe par le bras et lui ordonne :

«Vite! Allons chez toi, Michelle s'est suicidée!»

— Quoi! s'écrie Fanny, les jambes molles comme de la laine.

— L'as-tu vue ce matin?

— Non! Elle avait laissé une note sur le frigo, disant de ne pas la réveiller; elle voulait dormir tard.

— Allons chez toi, ce n'est peut-être pas trop tard... Tout dépend du nombre de somnifères qu'elle a pris...

— Comment le savez-vous? demande Fanny, horrifiée.

— Une lettre... hâte-toi... laisse faire ton manteau; ma voiture est stationnée en avant.

Monsieur Lambert et Fanny s'élancent sous la pluie battante et s'engouffrent dans l'auto du professeur, qui démarre en faisant crisser les pneus.

« Où? »

— Rue Brunswick, cent seize.

« Pourquoi, pourquoi se suicider, pleure Fanny. »

— Savais-tu que Daniel l'a laissée?

— Oui, mais ce n'est pas une raison pour mourir. Il y en a bien d'autres... C'est ici, crie Fanny, en indiquant leur maison.

L'auto freine brusquement et tous les deux se précipitent. Fanny a peine à déverrouiller la porte, tant ses mains tremblent.

— Où est sa chambre?

— Suivez-moi!

Ils montent les marches quatre à quatre. Devant la porte de la chambre de Michelle, Fanny crie :

« Michelle, ouvre, ouvre! Elle est verrouillée, Monsieur! »

— Ôte-toi du chemin!

Monsieur Lambert se jette de tout son poids contre la porte et la défonce d'un violent coup d'épaule.

Sur son lit, calme et belle comme un lys, dort Michelle. Sa peau est livide, légèrement bleutée. Sur la commode, le flacon de somnifères rouge vif, est presque vide et un verre d'eau est renversé.

Le professeur s'approche, tâte le pouls de Michelle... Il grince des dents et palpe l'artère du cou.

«Je crois sentir son pouls... rapide, mais très faible, s'écrie-t-il, un léger signe d'espoir dans la voix.

Il se penche sur la bouche de la dormeuse et écoute.

Fanny attend le verdict, sidérée.

«Elle respire encore. Transportons-la, à l'hôpital! Vite!»

— J'appelle l'ambulance, crie Fanny en saisissant le téléphone.

— Non! Pas le temps! Je l'emporte! Prends le flacon de somnifères et suis-moi.

Monsieur Lambert soulève le corps flasque de Michelle et le prend dans ses bras. «Elle ne pèse pas plus lourd qu'une plume, pense-t-il. Pauvre Michelle! Pauvre Michelle!»

«Vite! Va m'ouvrir la porte, commande le professeur qui descend l'escalier, le corps de l'adolescente dans les bras.

«L'auto, ouvre la portière.

Il dépose Michelle sur la banquette arrière.

OCT '94

«Assois-toi avec elle et soutiens-la.

L'auto fonce à toute allure vers l'hôpital pour les enfants.

«As-tu les somnifères?»

— Oui.

— Combien de comprimés contenait ce flacon?

Fanny lit l'étiquette :

— Trente.

— Combien en reste-t-il?

— Huit.

— Vingt-deux... ou moins... La bouteille était-elle pleine?

— Je ne sais pas... non... je ne crois pas. Papa en prenait de temps à autre.

— Elle en a sans doute pris entre quinze et vingt... C'est beaucoup! Montre l'étiquette au médecin en arrivant. Ça l'aidera à découvrir l'antidote.

L'auto freine devant la porte de l'urgence. Monsieur Lambert transporte à nouveau son précieux butin à l'intérieur de la salle. Il crie au médecin de service :

«Cette fille a pris une vingtaine de somnifères vers minuit hier soir. Elle respire encore. Son pouls est très faible!»

— Déposez-la ici, dit le médecin en indiquant une civière.

La garde prend le flacon de somnifères que lui tend Fanny puis pousse le lit vers une autre salle.

Monsieur Lambert veut suivre, mais une garde l'en empêche.

— Vaut mieux que vous n'entriez pas, Monsieur. Venez donc avec moi, lui commande-t-elle doucement en l'escortant vers le bureau des admissions.

« Elle est dans de bonne mains. Le docteur Imbeault est l'un de nos meilleurs médecins. Asseyez-vous ici un instant. Voulez-vous un café? »

Le stress s'abat sur lui. Devant son impuissance à faire davantage, le sauveteur empoigne sa tête entre ses deux mains et sanglote comme un enfant...

Chapitre IX

PRISE DE CONSCIENCE

ELLE dort paisiblement. Son visage de neige se confond avec la blancheur de l'oreiller. Un tube sort de son nez et serpente jusqu'à l'appareil servant au lavage de l'estomac. Un autre tube, du goutte à goutte, lui prodigue le sérum régénérateur. De sa poitrine, un fil se raccorde à un instrument qui enregistre, sur un écran témoin, son pouls à la fois faible et rapide. Deux infirmières, à tour de rôle, viennent surveiller le bon fonctionnement des instruments. Toutes les quinze minutes, elles prennent la pression artérielle de la malade et vérifient ses pupilles afin d'y détecter des signes vitaux.

Monsieur Lambert a eu la permission, grâce à ses insistances, de la veiller. Les yeux rivés sur Michelle, il attend son réveil; Fanny a dû rester dans la salle d'attente.

Soudain, monsieur Lambert entend une voix animée :

— Où est-elle, garde?

C'est le docteur Brault, le père de Michelle, que l'hôpital vient d'alerter.

Au chevet du lit de sa fille, il la contemple, foudroyé.

«Ma pauvre enfant! Michelle! Qu'est-ce qui t'arrive? Pourquoi as-tu fait ça? J'aurais dû savoir! J'aurais dû savoir! répète-t-il, le visage caché dans ses mains, ses épaules secouées de pleurs.

Lui qui a vu tellement d'enfants malades, lui qui a sauvé des adolescents et des adolescentes victimes de tentatives de suicide, n'a jamais ressenti une pareille détresse. Sa fille est là, entre la vie et la mort.

Il se ressaisit, son instinct de médecin lui fait retrouver son sang-froid. Il demande, d'une voix presque contrôlée, à la garde :

«Un compte rendu de son état, s'il vous plaît.»

— Critique mais stabilisé. Les somnifères ont été pris il y a environ dix heures mais étaient insuffisants pour causer un arrêt cardiaque. Une vingtaine de «Seconal». Nous lui avons lavé l'estomac à l'instant, au cas où l'on se serait trompé sur l'heure où les cachets ont été pris. L'antidote lui a été administré dès le début des soins. Son pouls est faible mais moins rapide qu'à son arrivée à l'urgence. Nous avons cessé de lui administrer de l'oxygène car sa respiration est plus profonde que tantôt.

Elle s'interrompt et regarde le médecin.

— Tout a été fait. Il ne reste qu'à attendre, soupire-t-il.

Revenant à son rôle de père, il demande :

« Qui l'a découverte, Fanny? »

La garde indique de la main monsieur Lambert.

— Paul Lambert, le professeur de français de Michelle, se présente-t-il, en lui tendant la main.

— A-t-elle fait cette tentative à l'école?

Le sauveteur raconte les péripéties du malheureux accident au père de Michelle qui demeure éberlué.

— Restez auprès d'elle, je vais donner des nouvelles à Fanny. Je reviens, dit monsieur Lambert.

Seul avec la victime engloutie dans un sommeil comateux, monsieur Brault songe à sa relation avec sa fille. « Seize ans! Déjà seize ans, ma petite Michelle, et je te connais à peine! Que j'ai gâché ma vie et que j'ai gâché la tienne! Pauvre enfant... »

Ses réflexions sont interrompues par monsieur Lambert qui revient.

«Fanny a beaucoup de peine. Elle se blâme de n'avoir pas accordé plus d'attention à sa sœur.»

— Pas juste elle...

Les deux hommes, assis côte à côte, restent silencieux un long moment.

«J'ai traité des milliers d'enfants pendant ma carrière et je constate tout à coup que j'ignorais la tragédie qui se jouait dans ma maison, avec ma propre fille...»

— Saviez-vous que Michelle s'absentait de ses classes deux à trois jours par semaine?

— Non! Pourquoi ne me l'a-t-on jamais dit?

— Après ses absences, elle revenait toujours à l'école avec une de vos notes.

— Je ne lui ai jamais donné de notes! Pourquoi ces absences?

— Elle avait une peine d'amour... depuis que Daniel l'a laissée.

— Daniel? Le garçon d'Oscar Landriault, le constructeur?

— Oui.

— Je ne savais pas qu'il ne la voyait plus. Je les croyais seulement amis. Elle était sortie avec lui quelques fois, c'est tout.

— Non. Elle l'aimait beaucoup et souffrait depuis leur rupture.

— Bah! L'amour à cet âge. Si on peut appeler ça de l'amour.

— Ne vous méprenez pas, monsieur Brault. À cet âge, on aime avec une vigueur peu commune et les peines d'amour sont d'une violence souvent exagérée, et très réelle, chez les adolescents. D'autant plus qu'à ce stade de la vie, les jeunes ne savent pas toujours se défendre contre les attaques qui leur étaient inconnues avant leur puberté. Ils sont donc très vulnérables devant les coups durs de la vie.

— Je ne croyais pas...

— J'hésitais à vous divulguer ceci, mais Michelle, dans sa douleur, s'est adonnée plusieurs fois à la drogue afin d'oublier...

— De la drogue! explose le père.

D'une voix paisible, le professeur reprend :

— Rien de très grave à ce que l'on sache, de la mari.

— Ma fille qui fume de la mari! répète le père.

— Il ne faut pas paniquer, monsieur Brault. Vous savez sans doute que beaucoup d'adolescents font l'expérience de la drogue, question de curiosité, surtout.

— Il ne s'agit pas ici d'« adolescents », mais de ma Michelle!

— Oui. Ce qui compte maintenant, ce n'est pas le passé mais bien l'avenir. Lorsque Michelle sortira d'ici, elle aura besoin de beaucoup de soutien physique et moral. Sa peine d'amour n'aura pas disparu pour autant, et toute sa vie sera affectée par cette tentative de suicide.

— Oui. Il faudra que je m'en occupe davantage. Vous savez, monsieur Lambert, depuis que ma femme m'a laissé, ma peine d'amour, moi aussi je l'ai oubliée dans la drogue.

Surpris, le professeur répète :

— La drogue!

— Oui, la drogue du travail. Je m'assomme dans des heures et des heures de travail, afin de ne pas faire face à ma blessure et de ne pas trop en souffrir. En cours de route, j'ai aussi oublié ma famille, ne pourvoyant qu'à leurs besoins physiques et matériels, oubliant l'essentiel : l'attention, la compassion, l'amour...

Après cet aveu, monsieur Brault baisse la tête; deux grosses larmes coulent sur ses joues.

Un silence lourd pèse sur les deux hommes unis dans l'angoisse. Soudain, prenant conscience de la réalité, monsieur Lambert s'exclame :

— Midi trente! Je dois retourner à mes classes. Je reviendrai tout de suite après, m'enquérir de l'état de Michelle.

Tout en parlant, il se lève et se prépare à partir. Monsieur Brault lui prend la main; il la serre si fort que le professeur en ressent de la douleur.

— Merci! Mille mercis d'avoir été son père pendant que j'étais absent.

— De rien! Nous aurons l'occasion d'en reparler et de planifier l'aide qu'on pourra lui apporter.

Il jette un dernier regard sur Michelle qui dort.

« Un ange, pense le professeur, un ange blessé. »

Chapitre X

L'ÉVEIL À LA VIE

En classe, l'après-midi traîne en longueur. Distrait, monsieur Lambert n'est même pas l'ombre du professeur qu'il est habituellement. Il ne peut chasser de son esprit l'image de Michelle qui dort d'un sommeil inquiétant. Il a cent élèves à sa charge, mais celle qui compte aujourd'hui est celle qui est perdue...

À la fin des classes, à quinze heures trente, il se précipite à l'hôpital pour revoir Michelle. Il entre doucement dans la chambre et s'approche du lit comme on s'approche d'un objet sacré. Monsieur Brault est toujours là à veiller sur sa fille, ce qui allège la tâche des infirmières.

— Comment va-t-elle? murmure le professeur au médecin.

Il répond comme ceux de sa profession :

— Son pouls est moins rapide et plus fort; sa respiration plus profonde; sa pression artérielle près de la normale. Sa pupille réagit légèrement au stimulus de la lumière, ce qui veut dire qu'elle reprendra sans doute connaissance d'ici quelques heures.

Monsieur Lambert a un soupir de soulagement.

— Elle est sauvée...

— Probablement, mais elle sera très affaiblie pendant quelques jours, jusqu'à ce que le poison des somnifères soit complètement sorti de son organisme.

— Pourra-t-elle nous parler ce soir?

— Elle reprendra conscience par bribes, au début. Progressivement, elle renouera avec la réalité. Ce sera un stade pénible pour elle. À ce moment-là, elle prononcera quelques mots, rien de trop cohérent. Demain, elle pourra sans doute converser un peu.

La veillée est longue pour les deux hommes. Dans la soirée, le docteur Brault est appelé auprès d'un cas urgent. Il doit partir.

Monsieur Lambert, ses livres sur les genoux, prépare ses cours du lendemain et fait la correction de travaux d'élèves. Soudain, un grognement de la malade le fait sursauter. Il se lève et se penche au-dessus de Michelle qui geint légèrement, ouvre les paupières à demi puis les referme.

— Garde! s'exclame-t-il en allant au-devant d'elle. Michelle a ouvert les yeux et elle a gémi!

— C'est bon signe.

Tout de suite, l'infirmière vérifie les pupilles de la malade.

« Sa pupille réagit plus rapidement à la lumière. Avertissez-moi si ça se reproduit », dit la garde avec un sourire réconfortant.

— Non... non... marmonne Michelle quelques instants plus tard.

De nouveau, monsieur Lambert s'approche de son lit. Il prend la main de la jeune fille entre les siennes :

— Bonjour, Michelle, dit-il doucement, ouvre les yeux, Michelle... C'est moi, Paul Lambert, ton professeur. Réveille-toi, petite paresseuse... tu as dormi toute la journée... tu as même séché mon cours.

L'adolescente ouvre les yeux. Son regard flou a de la peine à se fixer sur les choses autour d'elle. La voix calme du professeur la ramène de loin... de très loin... comme du creux d'un puits profond.

Après quelques instants de silence, le professeur murmure avec émotion.

« Tu es sauvée, Michelle... Je suis si heureux que tu sois sauvée! »

Les lèvres de Michelle s'ouvrent, les mots semblent englués dans sa bouche pâteuse.

— Je... voulais... mourir, marmonne-t-elle amèrement. Et deux larmes mouillent ses longs cils noirs.

— Bien non, ma petite Michelle. Nous t'aimons et nous voulons que tu vives. Tu as beaucoup à nous donner; ta jeunesse, ton espoir, ton sourire...

Les mots se perdent dans les nuages ouatés du sommeil qui reprend possession de la malheureuse.

« Dommage que son père n'ait pas été là! » pense le professeur. Le docteur Brault a dû opérer un garçonnet, victime d'un accident de la route. Une chirurgie longue et compliquée le retient loin de sa fille une bonne partie de la nuit.

Lorsque, plus tard, il revient au chevet de Michelle, il commande à monsieur Lambert :

— Va dormir. Tu enseignes demain. Je vais la veiller. Je suis habitué à ces longues heures de travail de nuit et je récupère vite.

— Je crois que vous avez raison... Je reviendrai après les classes, demain.

Il met le père au courant de la reprise de conscience de sa fille, puis il part chez lui.

***

Les classes terminées, monsieur Lambert, accompagné d'Éveline, accourt à la section des soins intensifs revoir sa protégée.

— Mademoiselle Brault a été transférée à la chambre trois cent seize; elle est hors de danger et n'a plus besoin de soins intensifs.

— Merci, lance le professeur, heureux du progrès de l'adolescente.

Éveline le suit, portant un bouquet de ballons multicolores; sur chacun est inscrit un message de prompte guérison. Elle tient aussi une carte de souhaits joyeux.

Ils entrent dans la chambre trois cent seize.

Ils s'approchent du lit sans faire de bruit. Michelle sommeille. Éveline a les yeux gonflés de larmes en voyant sa meilleure amie dans un tel état de faiblesse. Elle coince les ballons sur la commode, puis se penche vers Michelle en murmurant :

— Michelle! Réveille-toi! Je t'amène de la visite très spéciale.

Péniblement, la convalescente soulève ses paupières encore lourdes.

Éveline la serre dans ses bras et s'efforce de ne pas pleurer.

« Michelle! Que je suis heureuse que tu sois mieux. Tu m'as fait tellement peur! Je t'aime, Michelle! »

— Moi aussi, murmure la malade. Elles restent un long moment à se regarder sans parler, se communiquant leur affection.

— Regarde, finit par dire monsieur Lambert, en pointant un doigt vers les ballons. Un cadeau de ta classe de français. Et la carte, regarde...

Éveline ouvre une grande carte dessinée à l'école. Elle représente des lèvres rouge vif ouvertes sur un large et beau sourire. Les dents alignées sont armées d'une prothèse en argent.

— C'est Jacqueline qui a insisté pour la prothèse, explique Éveline. Depuis qu'elle en porte une, elle croit que tout le monde devrait l'imiter.

Michelle sourit.

Puis, Éveline lit les noms l'un après l'autre ainsi que les petits messages loufoques que chacun des élèves a écrits.

De grosses larmes coulent lentement des yeux de l'adolescente; ces signes d'amitié la réconfortent.

On entend frapper à la porte. Monsieur Lambert va ouvrir et disparaît dans le couloir. Il a refermé la porte derrière lui. Étonné, monsieur Lambert se dirige vers Daniel qui, d'un air piteux, lui dit :

— Je me sens tellement coupable, Monsieur, que je viens m'excuser auprès de Michelle.

— Non! Daniel. Tu ne dois pas te sentir coupable.

— Mais... voyez les résultats. Éveline m'a tout raconté.

— Daniel, pourquoi as-tu rompu avec Michelle?

— Bien... j'avais surtout de l'amitié pour elle... tandis que pour Diane, je ressens de l'amour véritable. Pour être honnête, j'ai cru bon de casser avec Michelle.

— Tu vois, tu as agi pour être honnête, donc, tu as bien agi. C'est regrettable que Michelle en souffre mais tu ne pouvais vivre un amour faux pour épargner de la peine à Michelle.

— ...

«Je ne te suggère pas de la voir tout de suite. Elle est encore trop fragile, trop vulnérable. Tu ne lui ferais que de la peine inutilement. Tu comprends?»

— Oui. Merci, monsieur Lambert.

— C'est la vie, mon vieux! Ne t'en fais pas trop, nous tenterons d'aider Michelle de notre mieux.

— Merci, murmure Daniel qui repart, un peu rassuré.

Le professeur revient dans la chambre et ment :

— C'était la garde. Elle venait pour surveiller l'amélioration de ton état mais je lui ai dit que nous prenions bien soin de toi.

— C'est vous qui m'avez transportée ici? demande Michelle.

— Oui, Fanny et moi, mais l'important est que tu vas sortir d'ici par tes propres moyens.

Voyant que le sommeil regagne Michelle, encore sous l'effet du poison, monsieur Lambert suggère à Éveline :

« Faudrait que tu la laisses se reposer. »

Éveline approuve :

— Je reviendrai demain, oui.

Éveline sort de la chambre et monsieur Lambert demeure près du lit; il s'assoit dans un fauteuil. La fatigue de la veille et de sa journée de travail se fait sentir. Il est gagné par le sommeil.

Lorsque l'infirmière rentre dans la chambre, elle sourit de voir la patiente et le visiteur tous deux endormis. Elle recouvre les jambes du professeur d'une couverture de laine puis s'en va sans faire de bruit.

Plus tard, en sursautant, monsieur Lambert se réveille. Il regarde sa montre : vingt-deux heures dix! Il aperçoit Michelle qui est tournée vers lui et n'a pas troublé son repos.

— Monsieur Lambert, vous devez rentrer chez vous et dormir.

Il bafouille :

— J'ai dû m'assoupir un instant.

— Non, vous avez dormi longtemps et profondément. C'est votre ronflement qui m'a réveillée! Même la visite de ma mère ne vous a pas dérangé.

— Ta mère! répète-t-il, heureux.

— Oui, ma mère, mon père, Fanny et mon autre sœur, Rachelle; ils étaient très inquiets, dit-elle, les larmes aux yeux. Ils reviendront demain.

— J'aurais aimé rencontrer ta mère.

— Obéissez-moi et allez vous coucher! Merci... merci beaucoup de votre amitié.

Son sourire mi-triste mi-joyeux récompense le professeur.

Chapitre XI

S'AIDER EN AIDANT

— Tu retourneras probablement à la maison samedi, annonce le docteur Imbeault à Michelle.

Il l'a avertie deux jours plus tôt, afin qu'elle ait le temps de se faire à l'idée de replonger dans la réalité quotidienne.

Cette nouvelle, qui devrait réjouir l'adolescente, l'afflige.

Les jours qui ont suivi sa tentative de suicide ont été pénibles pour Michelle. Sa décision d'échapper à la vie douloureuse a raté. Elle doit donc continuer de vivre avec sa peine et reprendre goût à ce qui fait le quotidien. C'est dur pour elle car l'image de Daniel revient sans cesse hanter son esprit.

Dans sa mémoire, elle revoit sa chambre, là où elle se trouvait quand il lui a téléphoné et a rompu. L'angoisse l'étreint dans ces moments difficiles. Encore très affaiblie, Michelle reste silencieuse en entendant la décision finale de son médecin. Ce dernier, se rendant compte de l'inquiétude de la jeune fille, en parle avec monsieur Brault, son collègue et ami.

Ils décident qu'une infirmière privée veillera Michelle jour et nuit pendant quelque temps. En plus, un psychiatre recommandé par monsieur Lambert l'aidera dans sa réhabilitation psychologique.

Le samedi matin, monsieur Brault, Fanny, Rachelle, Éveline, monsieur Lambert et l'infirmière, madame Brossard, escortent la convalescente. Michelle se sent réconfortée, bien qu'un peu confuse, d'être entourée ainsi, elle qui vit en ermite depuis plusieurs semaines.

À la maison, Michelle doit se coucher; elle est angoissée de constater sa grande faiblesse : son aventure malheureuse a profondément éprouvé son organisme.

Mais quelle surprise l'attend, lorsqu'elle ouvre la porte de sa chambre! Pendant son séjour à l'hôpital, son père l'a fait repeindre et décorer afin d'en chasser les mauvais souvenirs. Même l'ameublement est nouveau.

— Que c'est joli! s'exclame Michelle.

— Il y a longtemps que je me proposais quelques rénovations, répond son père pour en cacher les véritables motifs.

Un lit à baldaquin, rose et blanc, attire surtout l'attention de Michelle. Les commodes, dans le même style, également blanches et roses, ajoutent à la chambre un air de gaieté et de jeunesse. La moquette bleue a été remplacée par une épaisse moquette rose tendre.

« Regarde, ajoute son père en lui montrant le nouveau téléphone, tu appuies sur ce bouton et tu peux converser au téléphone de partout dans ta chambre sans avoir à parler dans le combiné. Un nouveau « gadget » de monsieur Bell », dit-il, fier de plaire à sa fille déprimée.

Michelle voudrait explorer sa nouvelle chambre, mais elle doit se coucher, ses forces l'abandonnent.

— Laissons-la, elle doit se reposer, suggère l'infirmière.

Quand chacun est parti, Michelle s'allonge sur son lit et elle s'endort. Grâce au décor nouveau de sa chambre, son angoisse est allégée et ses mauvais souvenirs sont moins pénibles.

Durant les deux semaines qui suivent, l'attention soutenue de sa famille et de son infirmière, ainsi que les séances avec son psychiatre, aident Michelle à garder une humeur plus sereine. Pourtant, chaque fois que Daniel occupe son esprit, des nuages noirs menacent son équilibre.

Monsieur Lambert et le psychiatre décident qu'il est inutile pour Michelle de retourner à l'école. Le semestre est trop avancé et, elle, tellement dépassée par le travail en retard, qu'il lui serait impossible de réussir dans aucune matière. Poursuivre dans ces conditions ne servirait qu'à alimenter son stress. Elle retournera à l'école au deuxième semestre, en février, et recommencera ses études ainsi que sa nouvelle vie. D'ici là, espèrent le professeur et le psychiatre, elle sera suffisamment rétablie.

Au fur et à mesure que ses forces reviennent, Michelle s'ennuie à la maison à ne rien faire.

— Peut-être pourrions-nous lui proposer de participer à des activités bénévoles, suggère monsieur Lambert au docteur Brault. Noël approche et le travail ne manque pas en ce temps-ci de l'année.

— Il y a un service de bénévolat à l'hôpital. Il consiste à distraire les enfants handicapés physiques et mentaux qui sont hospitalisés pendant de longues périodes. Peut-être...

Il s'arrête puis reprend :

«Peut-être que le rapport, souvent assez pénible, avec ces jeunes serait éprouvant pour

Michelle, traumatisée en ce moment par sa mésaventure. »

Ils en parlent au psychiatre qui, après avoir réfléchi, prend une décision :

— Tentons l'expérience. Si elle est positive, tant mieux et si elle s'avère nocive, nous l'interromprons. Le gros bon sens, quoi!

Étant donné l'influence qu'il exerce dans l'hôpital, il est simple pour le docteur Brault d'inclure Michelle dans le groupe des bénévoles responsables des jeunes handicapés.

Elle n'est pas emballée par ce projet, mais elle est heureuse de sortir de la maison paternelle. Accompagnée de son père, elle entre dans la section de l'hôpital réservée aux enfants désavantagés.

— Je t'avertis, Michelle, ces enfants font plutôt pitié. Certains, âgés de neuf à douze ans, ont un âge mental de deux ou trois ans. D'autres souffrent d'infirmités physiques insupportables à regarder.

Michelle écoute, amère et timide. « Ils ne sont pas plus handicapés que je le suis dans mon désespoir », songe-t-elle.

En ouvrant la porte, Michelle voit au milieu du couloir, trois garçons. Deux sont âgés de douze ans à peu près; ils jouent avec de petits camions; un enfant d'environ quatre ans s'amuse avec eux.

Pourtant, tous les trois semblent du même niveau mental. Un jeune homme et une femme plus âgée les surveillent.

« Bonjour, François. Je te présente ma fille Michelle. François Renaud. »

Michelle sourit timidement et tend la main au jeune homme; il rayonne de joie de vivre.

— Enchanté de te connaître, Michelle.

— François est un infirmier en stage d'études ici. Je te présente aussi madame Longpré qui est la personne responsable de cette section.

Ensuite, François accompagne Michelle vers les enfants afin qu'elle fasse leur connaissance. Andréa, en fauteuil roulant, paraplégique; Jacques, devenu presque sourd à la suite d'une méningite; Lynne, grosse fillette aux verres épais, presque aveugle, attardée mentalement... François la renseigne de façon éclair sur le cas particulier de chaque patient.

Le cœur de Michelle s'émeut devant ces enfants si jeunes, défavorisés par la vie. « Et moi, songe-t-elle, qui suis malheureuse. »

— Enfin, voici Nathalie. Ça fait une semaine qu'elle s'est repliée sur elle-même. On ne peut l'aider, elle est autistique.

— Bonjour, Nathalie, dit Michelle doucement, en se penchant vers l'enfant emmurée dans sa solitude.

— Il est dix heures. C'est l'heure où ils commencent à être fatigués... et fatigants, glisse François avec un sourire malin. Je vais amener Henri aux toilettes. Toi, essaie d'occuper les autres en attendant que je revienne.

Il laisse Michelle seule avec les enfants. Elle s'avance vers les rayons où sont entreposés, pêle-mêle, des livres jeunesse. Michelle choisit « Les trois petits cochons », puis invite les garçons et les fillettes à s'asseoir autour d'elle. Discrètement, elle s'installe près de Nathalie qui se trouve ainsi incluse dans le cercle.

Tous accourent, crient, se bousculent afin d'être près de la conteuse. Un silence relatif obtenu, Michelle commence à lire à voix haute. Bientôt, elle abandonne sa lecture pour raconter simplement l'histoire, la rendant ainsi plus vivante.

Lorsque le mauvais loup « souffle et souffle », détruisant la maison des malheureux petits cochons, Michelle leur fait mimer le conte. Chacun se lève, « souffle et souffle ». Quand la maison de paille s'effondre, les enfants se rassoient, attendant avec impatience la suite de l'histoire.

À la fin du conte, quand le loup tombe dans le chaudron d'eau bouillante, tous crient

MAY 18/95

un « hourra » si formidable, que François vient voir ce qui se passe. Portée par l'enthousiasme, Michelle les prend par la main et forme une ronde dans la salle. Et qui fait partie de cette chaîne? Nathalie!

Bruyants, les enfants entourent Michelle; chacun essaie de capter son attention. Tous lui suggèrent des idées pour le prochain conte, le prochain jeu.

François s'approche et applaudit. Il chuchote à l'oreille de Michelle :

« Bravo! Tu as fait participer Nathalie. C'est la première fois cette semaine qu'elle sort de sa léthargie. »

Michelle est valorisée par les félicitations de François. Elle s'attendrit en voyant un sourire radieux sur le visage du jeune homme.

Ainsi, pendant plus de deux heures, Michelle occupe les jeunes handicapés. Quand son père vient la chercher, elle est déçue de les quitter et de devoir rentrer à la maison.

— Puis-je rester plus longtemps, papa?

— Pas trop longtemps la première fois. Tu es encore faible, conseille son père en prenant sa fille radieuse par la taille. Il ajoute :

« François me dit que tu as été super! Tu as même fait participer Nathalie. Ça, c'est un exploit! »

Michelle quitte l'hôpital épuisée, mais heureuse. Elle est surprise de ne pas avoir pensé à Daniel une seule fois pendant ces deux heures de bénévolat.

Chapitre XII

CHAT ÉCHAUDÉ CRAINT L'EAU FROIDE

MONSIEUR Brault est plus souvent à la maison et s'intéresse davantage à ses filles. Il est ravi de s'amuser avec elles; il partage leurs jeux ou, simplement, regarde avec elles la télévision. Il prend aussi plaisir, à l'occasion, à préparer un repas, même si les résultats ne sont pas toujours très concluants. Banjo se nourrit alors de ces bonnes choses parfois ratées.

Un soir, Michelle s'approche de son père et lui demande, enthousiaste :

— Papa, c'est ma deuxième semaine comme bénévole à l'hôpital. Penses-tu que je pourrais y rester maintenant toute la journée?

— Hé! Doucement là! Tu n'es pas encore complètement rétablie, ma poulette.

— Je me sens beaucoup mieux depuis que je participe à cette activité.

— Bien...

— S'il te plaît, papa!

MAY 21/95

— Disons une heure de plus par jour, pour les trois prochains jour. Si tu n'es pas trop fatiguée, on verra...

— Merci, papa!

Il regarde sa fille, toute rayonnante et qui se rétablit très vite. Une bouffée de chaleur et de joie l'envahit. « Que c'est bon d'aimer ses enfants! » pense-t-il.

— Tu aimes ton travail?

— Oh oui! Nathalie fait des progrès. Elle participe beaucoup. D'autres jours, c'est étrange mais elle régresse sans raison apparente. Parfois, elle est exubérante, parfois, elle est déprimée, violente ou très repliée sur elle-même.

— François m'a raconté que tu as le tour avec les enfants. Ils ont besoin d'amour, c'est là le plus important.

— C'est facile de les aimer, papa. Ils sont si démunis. Et eux m'apportent tellement de reconnaissance que je me sens récompensée du peu que je peux leur donner.

Entre Michelle et son père, la conversation se poursuit agréablement. Elle lui dit qu'elle essaie d'analyser le cas de chaque enfant, se réjouit de leurs progrès, mais s'attriste quand elle a l'impression qu'inexplicablement, à certains moments, ils régressent.

***

— Bonjour, François. Ça va?

— À merveille, répond le jeune homme.

Dès qu'elle entre dans la salle, une douzaine d'enfants entourent Michelle, l'agrippent aux jambes, aux bras, lui lancent tous à la fois des bonjours, des demandes, des doléances. Elle parle à l'un, écoute l'autre, n'en néglige aucun. Ils se sentent bien avec la jeune bénévole, attendrie par leur accueil chaleureux.

— Où est Nathalie, s'enquiert Michelle auprès de François, qui suit le groupe bruyant.

— Assise dans un coin, une mauvaise journée en perspective.

Aujourd'hui, la jeune fille sort des jeux de cubes et initie les enfants à cette activité créatrice, excellente pour accélérer la motricité mentale. Alors qu'ils sont absorbés par ce nouveau jeu, Michelle s'esquive sans que les enfants s'en aperçoivent et file vers la chambre de Nathalie, en emportant quelques cubes.

— Bonjour, Nathalie! Regarde ce que j'ai pour toi.

Elle pose les cubes de couleurs vives devant la fillette autistique afin de l'inviter à jouer. Rien à faire, Nathalie s'est emmurée dans un silence et dans une passivité totaux. Sans ajouter un mot, Michelle manipule devant elle les cubes, essayant d'intéresser la jeune handicapée à pénétrer dans la réalité.

Soudain, Nathalie grogne de façon inquiétante, empoigne et tire brutalement la chevelure de Michelle. Ne s'attendant pas à cette attaque, Michelle laisse échapper un cri de souffrance. Nathalie tire de plus belle sur les cheveux. François, alerté par le cri, accourt.

— Nathalie! Lâche! Lâche les cheveux de Michelle!

Il saisit la main de l'enfant afin de lui faire lâcher prise. Il n'y parvient pas. Nathalie est si perturbée et ses doigts si crispés, qu'elle serre encore plus. Que faire? François ne peut déplacer la main de Nathalie sans tirer du même coup les cheveux de Michelle. Entendant du bruit, madame Longpré est arrivée sur les lieux et considère la situation. Elle parle doucement à Nathalie, mais sans succès.

— Non! Lorsqu'elle est dans cet état, il ne sert à rien de lui parler. Elle va retenir sa victime ainsi pendant plus d'une heure. Il n'y a qu'une solution, lui donner une injection calmante.

— Non! refuse Michelle. Ce ne serait pas bon pour elle.

— Mais, c'est la seule solution, à moins que tu veuilles demeurer ainsi pendant une heure ou davantage.

— Coupez la mèche de cheveux qu'elle retient!

— Ce n'est pas seulement une mèche, mais une grosse poignée. Ça te fera une drôle de tête, crois-moi!

— Ça m'est égal, coupez! Allez, coupez!

Madame Longpré hésite, puis commande :

— Va chercher les ciseaux, François.

Il obéit et revient bientôt avec les ciseaux.

— Es-tu certaine, Michelle?

— Vas-y! Des cheveux, ça repousse.

François immobilise le poing crispé de Nathalie et coupe avec précaution les cheveux autour des doigts de la fillette. Enfin, voilà Michelle libérée. Sans même songer à sa chevelure, l'adolescente prend Nathalie dans ses bras, la couche dans son lit en lui murmurant :

« Pauvre Nathalie, repose-toi. Demain, nous jouerons au petit train. Je sais que c'est ton jeu préféré. »

Madame Longpré et François se regardent, émus devant la compassion maternelle de la jeune bénévole.

Nathalie est couchée, rigide et froide, la main toujours crispée sur la poignée de cheveux.

— Tu peux partir, Michelle. Cette expérience est suffisante pour aujourd'hui, conseille la garde responsable, en entourant de son bras la taille de l'adolescente.

— Bien non! Papa m'a permis de rester trois heures aujourd'hui, et je n'entends pas partir avant.

François, l'air espiègle, lui présente un miroir.

— Croyez-vous, Madame Longpré, que l'on devrait accepter une bénévole avec une chevelure « punk »?

Les yeux pleins d'appréhension, Michelle se regarde dans la glace.

— Je ne croyais pas...

Elle se détend et, avec un beau sourire, elle déclare, décontractée :

« Il y a longtemps que j'hésite à me faire couper les cheveux. Voici l'occasion rêvée de m'y décider. »

Sans se donner plus d'importance, elle retourne jouer avec les enfants qui ne s'aperçoivent même pas de sa chevelure coupée à la diable. Ce qui les charme, c'est sa présence chaleureuse.

Le lendemain, Michelle revient. Sa nouvelle coiffure lui donne un air de plus grande jeunesse et d'innocence.

— Viens dans mon bureau, lui demande madame Longpré.

— Nous avons une présentation à te faire, lui déclare François.

Quand elle entre, elle voit trois infirmières qui lui sourient. François s'approche de Michelle et lui tend un petit cadre recouvert d'une vitre.

— Qu'est-ce que c'est, demande Michelle, intriguée.

— Regarde l'inscription derrière.

Ses yeux s'embuent de larmes, pendant qu'elle lit :

« Félicitations pour ta bravoure sur le champ de bataille et ton cœur si g-r-a-n-d envers les p-e-t-i-t-s ». Dans le cadre, une mèche de cheveux noirs est nouée d'un ruban rose.

— Merci! se contente-t-elle de dire, la gorge serrée d'émotion.

Tous la félicitent de son courage. François l'entoure de ses bras puissants, la serre tendrement et applique ses lèvres sur sa joue. La jeune fille en ressent une telle tendresse qu'elle frémit jusque dans son âme encore fragile.

Dans un flash, elle revoit Daniel, que le visage de François déloge vite. Michelle est surprise.

Elle reprend sa besogne auprès des jeunes, pendant qu'une chaleur nouvelle l'envahit. À plusieurs reprises, Michelle sent le regard du jeune infirmier flotter sur elle.

Peu avant que le docteur Brault arrive pour chercher sa fille, François s'approche de Michelle :

— Que dirais-tu de m'accompagner au cinéma, ce soir? Histoire de célébrer ta décoration, ajoute-t-il avec humour.

Un instant, Michelle reste figée. Le souvenir de son aventure douloureuse avec Daniel s'impose à son esprit. Elle se souvient du film qu'elle avait vu avec Yannick : Daniel et Diane étaient venus et s'embrassaient.

— Je regrette, François, je ne peux pas. Je...

Son père interrompt leur tête-à-tête et annonce :

— Monsieur Lambert vient souper ce soir.

— Ça me fait plaisir!

Elle regarde François une dernière fois avant de partir. Elle est soulagée que son père l'ait ainsi sortie d'un tel embarras.

***

Après le souper, monsieur Lambert parle seul à seul avec Michelle, tandis que Fanny s'affaire à la vaisselle.

Michelle confie à son professeur sa crainte d'être attirée par François.

— J'ai très peur, et honte aussi.

— Comment ça?

— Bien, j'ai peur d'aimer et d'être blessée de nouveau. J'ai honte aussi, honte de remplacer Daniel après tout ce que j'ai fait à cause de lui.

Le professeur réfléchit un instant et lui répond :

— Il faut que tu prennes ta vie en main, Michelle, sans laisser ton passé l'envahir. Vas-y progressivement avec François. Vous êtes des amis, de bons amis, que ça demeure ainsi. Après quelque temps, si votre amitié se développe davantage, eh bien! doucement, sans te hâter, laisse l'amour se déployer. Surtout, laisse la confiance s'établir entre vous deux. Apprends à le connaître, à l'apprécier, à l'admirer s'il le mérite, ensuite à l'aimer si le cœur t'en dit. De cette façon, tu pourras t'avancer sans peur, sans honte et sans regret dans la vie.

Michelle, attentive, laisse les paroles sages de son sauveteur couler sur son âme blessée.

Chapitre XIII

AUJOURD'HUI EST LE PREMIER JOUR DU RESTE DE MA VIE

MICHELLE a mal dormi. Une grande anxiété la bouleverse en ce matin de février. C'est aujourd'hui que débute le deuxième semestre scolaire. Elle retourne à l'école après son congé forcé. Trois points d'interrogation malmènent son esprit : « Quelle va être ma réaction lorsque je rencontrerai Daniel et Diane dans les couloirs? Qu'est-ce que mes amis vont penser de moi? Vais-je être capable de reprendre mes études avec courage et efficacité? »

Cependant, elle est heureuse de retourner à une vie normale, à sa nouvelle vie qui commence avec le semestre. Si elle regrette d'avoir à réduire son rôle de bénévole à l'hôpital, elle se promet de poursuivre cette activité pendant les week-ends et les congés. « François... il est là pour poursuivre le bon travail. » Son visage s'illumine à la pensée du jeune homme...

En sortant de la maison, en ce jour radieux mais glacial de février, Michelle est agréablement surprise d'apercevoir Éveline qui vient à sa rencontre en courant :

— Attends-moi, Michelle! crie la jeune fille toute pimpante.

— Bonjour, Éveline. C'est chic de ta part de venir marcher avec moi ce matin, d'autant plus que ce n'est pas sur ton chemin et qu'il fait froid.

— Ce n'est rien! Je suis descendue de l'autobus trois rues plus haut, c'est tout.

Les deux copines marchent en bavardant. En voyant l'école, Michelle ressent un pincement au cœur. Son angoisse renaît. Devinant son trouble, Éveline l'encourage :

« Ne t'en fais pas, Michelle, tout ira à merveille. »

Elles se dirigent vers la case de Michelle. Pour cela, elles doivent passer devant celle de Daniel. Michelle ne l'a pas revu depuis le soir fatidique du cinéma avec Yannick, la veille de sa tentative de suicide.

Il est là. Lorsqu'il la voit venir, il s'éloigne de sa compagne et s'approche de Michelle. Embarrassé, il dit gauchement :

— Bonjour, Michelle. Ça va?

— Formidable, Daniel. Salut Diane. C'est un beau gilet que tu portes. Cette teinte fait ressortir tes yeux bleus.

— Merci!

Un large sourire illumine le visage de Michelle, qui ajoute à l'intention de Daniel :

— On se reverra sans doute dans une de nos classes.

— Je l'espère... bredouille Daniel, surpris de l'aplomb de la jeune fille.

Ils se séparent. Quelques pas plus loin, Michelle chuchote à Éveline :

— Ouf! Le pire est passé! C'est bizarre, mais Daniel m'a semblé rapetissé aujourd'hui. François a pris de la place dans mon cœur.

Elle vérifie son nouveau programme.

« Bravo! Monsieur Lambert sera mon professeur de français. »

La classe titulaire est la première épreuve de Michelle. Tous les élèves sont gentils envers elle, trop gentils. Elle sent une politesse distante qui les sépare d'elle, comme si elle était atteinte d'une maladie mystérieuse.

Enfin, la classe de français! Monsieur Lambert l'accueille avec un enthousiasme sincère. Comme c'est son habitude le premier jour du semestre, il fait connaissance avec ses élèves en relevant leur prénom et leur nom.

— Aujourd'hui, déclare-t-il, au lieu de vous demander d'écrire une courte autobiographie, nous allons le faire oralement.

— Ah non! se plaint la classe en chœur.

— Ah oui! s'exclame le professeur avec entrain. Vous êtes tous des individus exceptionnels et uniques. Pour la plupart, je ne vous connais que de vue et je désire en savoir davantage afin de mieux vous servir.

— Dans quel ordre allons-nous procéder, demande une élève.

— J'ai tout prévu. Vos noms ont été déposés dans cette boîte. Je vais en piger un au hasard. Ce sera selon la destinée!

Chacun redoute d'être le premier. Il pige un nom et trente-deux élèves sur trente-trois sont soulagés! L'élève présente sa famille, son rang dans cette famille, ses préférences, ses espoirs, ses ambitions. Et ainsi jusqu'au sixième nom.

« Sixième, dit le professeur : Michelle Brault. »

Le cœur de l'adolescente bat à tout rompre. Un silence poli mais embarrassé s'installe quand elle se lève et se dirige vers l'avant de la classe. Elle rassemble ses idées puis commence lentement.

— Je suis Michelle Brault. Je suis la plus jeune d'une famille de cinq : mes parents, ma sœur Rachelle qui fréquente l'université, ma sœur Fanny en douzième année dans cette école et moi-même. J'ai seize ans.

Michelle voit deux filles, au fond de la classe, qui se livrent à des commentaires, leur bouche cachée derrière leurs mains. Son esprit perspicace comprend ce qui se dit à son sujet. Elle s'arrête un instant puis d'une voix ferme, elle reprend :

« Depuis mon retour à l'école, ce matin, je sens les regards et les commentaires me poursuivre. Voici donc ma vraie autobiographie.

Monsieur Lambert, un peu anxieux, regarde Michelle qui se tourne vers lui et fait un signe de la tête, qui veut dire : « Ne craignez rien ».

« Vous le savez probablement tous, le 6 novembre dernier, j'ai tenté de me suicider...

Un silence lourd tombe sur la classe à la suite de cette phrase choc.

« Oui, j'étais déprimée, très déprimée depuis quelques semaines et j'avais perdu tout espoir de vivre. J'ai donc avalé une vingtaine de somnifères après avoir écrit une lettre d'adieu à monsieur Lambert. J'étais morte... mais il m'a ramenée à la vie! Et je l'en remercie!

Michelle, la gorge trop serrée pour poursuivre, se repose un instant. La pause douloureuse semble durer une éternité.

«J'étais morte, dis-je. Morte, car je n'aimais plus, je n'aimais plus la vie. Cependant, un événement merveilleux m'est arrivé pendant ma période de convalescence. Je suis devenue une bénévole; je m'occupe de jeunes physiquement et mentalement handicapés de l'hôpital pour enfants.

«Mes amis, je suis chanceuse! Vous êtes chanceux! Nous avons un corps qui n'est peut-être pas aussi parfait que nous voudrions, d'accord, mais nous avons un corps en bonne santé qui nous permet de bien fonctionner. Surtout, nous avons un cerveau normal, qui nous permet de comprendre, de juger et d'analyser. Il nous accorde le privilège de nous servir et de servir les autres.

«Ces enfants ont des corps tordus par l'infirmité, et pourtant ils aiment, ils espèrent, ils sont joyeux. Ces enfants ont une intelligence diminuée. Ils ne peuvent comprendre que très peu. Juger et analyser leur est impossible. Pourtant, ils sont heureux! Ils sont simples, sans hypocrisie, sans détour, tout à fait confiants dans ceux et celles qui les aident, qui les guident. Dieu leur a accordé des bienfaits que nous altérons souvent par notre égoïsme. Ces cadeaux sont l'amour, la reconnaissance, la joie.

« J'ai travaillé auprès d'eux pendant deux mois et ils m'ont donné beaucoup plus que je ne pourrais jamais leur apporter : l'amour de tous, la reconnaissance envers ceux qui les aident et la joie de vivre.

« Maintenant, je reviens à l'école avec leur bagage d'espoir. Je vais étudier, guidée par un but précis : devenir thérapeute pour les enfants handicapés.

« Aussi... j'hésite à lancer ceci... Suite à mon expérience pénible, ma tentative de suicide, j'aimerais aider à mettre sur pied, ici même à l'école, un groupe de bénévoles qui viendraient en aide à ceux et celles qui sont aux prises avec la déprime. Je vous connais, je « nous » connais et je sais que plusieurs d'entre nous avons pensé au suicide à divers moments. Nous avons besoin, alors, d'oreilles discrètes mais compatissantes pour nous écouter, et de personnes solidaires pour nous soutenir. Les statistiques démontrent que le suicide est la deuxième cause de décès chez les adolescents, après les accidents. Ce n'est donc pas seulement un phénomène d'ailleurs, mais aussi de notre ville, de notre école...

« Pour terminer, je veux remercier d'une façon spéciale deux personnes qui m'ont secourue pendant ma détresse : Monsieur

Lambert et ma bonne amie Éveline. Je compte sur vous tous à présent pour m'épauler dans ma nouvelle vie qui commence aujourd'hui. »

Plusieurs élèves ont les larmes aux yeux. Monsieur Lambert s'approche de Michelle pour lui donner une accolade tout à fait chaleureuse.

La classe entière se lève et applaudit à tout rompre. Chacun, à l'exemple du professeur, serre les mains de Michelle, ou l'embrasse, lui vouant une amitié et un soutien indéfectibles.

Bienvenue
Michelle!!
Avec Amour,
la classe!!
XO

Collection

Romans, série Jeunesse

Paul Prud'Homme, **Aventures au Restovite,** 1988, 208 pages.

Jean-Louis Grosmaire, **Paris-Québec,** 1992, 236 pages, Prix littéraire **LeDroit,** 1993.

Paul Prud'Homme, **Les ambitieux,** 1992, 188 pages.

Paul Prud'Homme, **M'épouseras-tu si...,** 1994, 124 pages.

Ginette Proulx-0Weaver, **A-M-I,** 1994, 158 pages.

Paul Prud'Homme, **Le suicide de Michelle,** 1996, 132 pages.

Table des matières

Le suicide de Michelle. Roman
est le cent trente et unième titre
publié par les Éditions du Vermillon

Graphisme
composition
en Bookman corps douze sur quinze
et mise en page
Atelier graphique du Vermillon
Ottawa

Séparation de couleurs
film de couverture
et trames
So-Tek Graphic Inc.
Gloucester

Impression et reliure
Les Ateliers Graphiques Marc Veilleux Inc.
Cap-Saint-Ignace

Achevé d'imprimer
en mars mil neuf cent quatre-vingt-seize
sur les presses des
Ateliers Graphiques Marc Veilleux Inc.
pour les Éditions du Vermillon

ISBN 1-895873-36-3
Imprimé au Canada